代理母が授かった小さな命

エミリー・マッケイ　作

中野　恵 訳

ハーレクイン・イマージュ

東京・ロンドン・トロント・パリ・ニューヨーク・アムステルダム
ハンブルク・ストックホルム・ミラノ・シドニー・マドリッド・ワルシャワ
ブダペスト・リオデジャネイロ・ルクセンブルク・フリブール・ムンバイ

SURROGATE AND WIFE

by Emily McKay

Published by Harlequin Japan, a Division of K.K. HarperCollins Japan, 2025

エミリー・マッケイ

11 歳でロマンス小説を読み始めた。初めて読んだハーレクイン・ロマンスはごみ袋から見つけた古本で、そのときからずっとロマンス小説に夢中だという。現在は、夫と娘、それにたくさんのペットたちとともに、テキサスに住んでいる。これまでに数々の賞のファイナリストにノミネートされている。

主要登場人物

ケイト・ベネット……………代理母。判事補。愛称ケイティ。
ベス…………………………ケイトの異父姉。
スチュアート………………ベスの夫。愛称スチュー。
ジェイク・モーガン…………スチュアートの親友。消防士。放火調査官。
ケヴィン・トンプスン………ケイトの同僚、友人。

1

「赤ちゃんができたの」

姉の言葉を聞き、いまさら何を言っているのだろう、とケイト・ベネットは訝《いぶか》った。「ええ、そうね」

そんなことはとうに知っている。ケイトは姉のベスと義兄のスチュアートのために、代理母を務めているのだ。少し目立ちはじめた腹部に手を置く。ちょうどそのとき、つわりが襲ってきた。ベスが淹《い》れてくれたペパーミント・ティーのマグを手に取る。

ベスはキッチンテーブルごしに腕を伸ばし、ケイトの手首を握った。「何なの？」

「赤ちゃんができたのよ。スチューとわたしに」

ケイトはわけがわからないまま、マグをテーブルに置いた。「姉さんとスチューに？」

「そうよ」

「赤ちゃんができた？」

ベスはうなずき、輝くような笑みを見せた。瞳には、しあわせそうなきらめきが浮かんでいる。

また吐き気が押し寄せてきた。「もう一人できた、ということ？ わたしのお腹《なか》の子供の他にも？」

「ええ」

ケイトは勢いよく立ち上がると、小走りでバスルームに向かった。かろうじて間に合い、食べたばかりの朝食を戻す。

床にひざまずき、キャビネットにもたれたまま、まぶたを閉じた。胃が落ち着きを取り戻すころには、タイルの床に突いた膝が痛くなっていた。ベスがバスルームのドアを叩《たた》く。

「ケイト？ 大丈夫なの？」

わたしは大丈夫なのだろうか？　世界がひっくり返ったような気分だ。

何とか立ち上がり、手を洗い、口をゆすいだ。ドアを開け、姉に目をやる。「いったいどういうことなの？」

「キッチンに戻りましょう。お茶を淹れ直すわ」

ケイトはキッチンの椅子に腰を下ろし、慌ただしくお茶の準備をする姉を見つめた。

「あなただけじゃなく、わたしたちだって驚いたのよ」ベスは言った。

「姉さんとスチュアートは子供ができないはずよ。妊娠の可能性はゼロだったんでしょう？」

「可能性は極端に乏しかった、ということよ。ゼロだったわけじゃない」

そう、可能性は乏しかったのだ。だからこそ医師の勧めにより、スチューではなく彼の親友のジェイクの精子を使い、ケイトに人工授精が行われたのだ。

ケイトは動揺を抑えることができなかった。「生殖医療に頼らない場合、妊娠の確率は〇・二パーセントだって姉さんは言ったはずよ」

「わたしたち、ものすごく運がよかったのよ」ベスはお湯で満たしたマグをケイトの前に置き、ティーバッグの入ったボウルを差し出した。「ペパーミント？　それとも、カモミール？」

「よくそんなに落ち着いていられるわね」ベスの妊娠が何を意味するのかに気づいたとたん、怒りが込み上げてきた。ティーバッグをひとつ取り出し、パッケージを乱暴に切り裂き、お湯に浸す。

「落ち着いているのは、考える時間がたっぷりあったからだと思うわ」

「いつ妊娠に気づいたの？」

「一週間前よ。もしかすると、って考えはじめたのはもう少し前だけど、期待はしていなかったのよ。もともと周期がずれる体質だったし」

「いま、何カ月なの？」

「五カ月よ」

「五カ月？　わたしより一カ月も長いじゃない」ケイトは椅子の背もたれにぐったりと体を預けた。「妊婦の気持ちをよくわかってくれたのは、妊娠していたからなのね」

「最初は気づいていなかったのよ。話がすっかり複雑になってしまったことはわかっている。でも、スチューもわたしも、ほんとうに子供が欲しかったのよ」

「つまり、いまでもわたしのお腹の子が欲しいということ？」

「この問題はスチューとも話し合ったんだけど、そこで出た結論は、最終的な判断はあなたとジェイクにまかせるべきでは、というものだったわ」

「わたしとジェイク？　どういう意味？」

「あなたのお腹にいる赤ちゃんは、厳密に言えばあなたとジェイクの――」

「違うわ。この件を〝厳密に〟考えても意味はないのよ」そう、ケイトは卵子提供者であり、生物学的にはお腹の子の母親だ。しかし、そうだとしても……。「この子は、姉さんたちの――姉さんとスチューの子だわ。そういう約束だったはずよ」

ケイトは立ち上がり、キッチンを歩きまわると、姉に視線を転じた。ベスはもう少し申し訳なさそうな顔をしていてもよさそうなものだが。

ベスも椅子から腰を上げた。「そうね、そういう約束だったわ。でも、状況が変わってしまった」

「だからといって、姉さんたちはこの子を拒否するべきじゃないわ。そんなこと、わたしが許さない」

ケイトは姉に向き直り、にらみつけた。いや、にらみつけようとしたが、不意に眩暈《めまい》に襲われ、かたわらのカウンターの端をつかんだ。

ベスが慌てて駆け寄る。「こっちに来て座って。

そんなふうに歩きまわるのは、お腹の赤ちゃんによくないわ」

「お腹の赤ちゃんに何よりも悪い影響を与えているのが何なのか、姉さんにはわからないの？　いまのこの会話よ」彼女は椅子に腰を下ろした。

「もちろんスチューだってわたしだって、あなたの赤ちゃんを受け入れるつもりでいるわ。でも、あなたにも考えてもらいたかったの。赤ちゃんを自分で引き取るかどうかについて。だって、この子は生物学的にはあなたの子供なのよ。あなたはもうお腹の赤ちゃんとの絆《きずな》を感じはじめているはずだわ」

　ケイトは言葉を失った。姉さんは見抜いていたの？　お腹の子との絆を否定することによって、かろうじて代理母としての日々に耐えてきたことに？

「わたしは別に絆なんて――」

「それは嘘《うそ》ね。もう何を言っても無駄よ。とにかく、いまここには赤ちゃんが二人いる。スチューもわたしも、どちらの子も喜んで受け入れるつもりよ。でも、わたしたちはあなたとジェイクには大きな負い目を感じているわ。だから、もしあなたとジェイクのどちらかが――」

「ジェイク？　この件と彼に何の関係があるっていうの？」

「あなたのお腹にいる赤ちゃんは、ジェイクの赤ちゃんでもあるのよ。あなたたちのどちらかが子供を引き取るつもりなら、スチューとわたしは邪魔立てはしないわ」

　ケイトは笑いを押し殺した。「〝わたしたちのどちらかが子供を引き取るつもりなら〟？　姉さん、自分がどれだけばかばかしい話をしているか、わかっているの？」

　ベスは眉間にしわを寄せてこちらを見ている。どうやら、わかっていないようだ。

「ジェイク・モーガンが子供を欲しがるはずがない

わ。彼は父親になるタイプじゃないもの」

「ジェイクは悪いひとじゃないわよ」

「ええ、ナイスガイのようね。でも、彼は燃えさかるビルに飛び込むのが仕事だわ」

「いまは放火事件の捜査を担当しているから、炎上中のビルに飛び込んだりしないはずよ」

「でも、子供は彼のそういう遺伝子を受け継ぐのよ」

「わたしはジェイクの遺伝子には何の不安も抱いていないわ。彼は頭の回転が速いし、ハンサムだし、人間的にも魅力があるし、そのうえ――」

「そうね、そのとおり。彼は自分がハンサムで魅力的だから、欲しいものは何でも手に入ると思い込んでいるのよ」

実のところ、ケイトは彼に心を引かれていた。しかし、その事実を姉に気取られぬように、急いで付け加えた。

「わたしがジェイクをどう思っていようと、この問題とは何の関係もないはずよ」

「そういう断定的な態度はあなたらしくないわ」

ベスの言うとおりだった。それでも、ケイトは無理に微笑《ほほえ》んでみせた。「わたしは判事補なのよ。断定的なのは当然だわ。わたしもジェイクも、お腹の子を引き取ることはないでしょうね」

「でも、考えるだけ考えてみて。あとで気が変わるかもしれないし」

「そうね。わたしはブタに変身して、翼が生えて、空を飛ぶかもしれないわ。可能性は極端に乏しいけど、ゼロじゃないわよね」

職場で書類の整理を終えたとき、ケイトはベスとの会話を思い出した。考えたくなかったが、どうしても頭に浮かんでしまう。月曜日。時刻は午後六時すぎ。裁判所の職員はすでにあらかた帰宅していた。

まわりが静かになれば集中できると思っていたが、実際はそうでもなかった。

自分で子供を引き取るという選択肢もあるはずだ、とベスは言っていた。姉の提案について考えをめぐらさずにはいられなかった。赤ん坊が成長を続ける腹部に手を置いてみる。

わたしの赤ちゃん。

胸に熱いものが込み上げ、息が詰まりそうになった。これまではそんな思いが浮かぶたびに、頭から振り払ってきたのだ。この子を手もとに留《とど》めたら、わたしの人生はどんなものになるだろう？

そう考えたとたん、胸に期待が広がった。この子を手放したくない、とわたしは心の奥底で願っていたのかもしれない。それでも、必死で自分に言い聞かせてきたのだ。それは利己的で無責任なことだ、と。

彼女はお腹の子供を愛していた。いまの段階では性別はわからないが、女の子だ、と彼女の本能は告げていた。ここ最近、彼女の本能はきわめて雄弁だった。過去三カ月、医師の指示には忠実にしたがってきた。お腹の子は人類の歴史上、もっとも幸福でもっとも健康な赤ん坊になるはずだった。この子は最高の環境で育つべきなのだ。

しかし、最高の環境には最高の両親が必要だ。ケイトにはわかっていた。自分よりベスのほうが、はるかにいい母親になるだろう。

彼女が裁判を通じて学んだのは、母親になるために生まれてきた女性もいれば、そうではない女性もいる、ということだった。自分は後者だということは理解していた。

そんなことを考えているうちに、急に腹が立ってきた。これは単なる時間の浪費だ。書類をブリーフケースに突っ込み、ドアに向かう。車まで歩くうちに、気分が少し軽くなった。駐車場に足を踏み入れると、彼女のボルボにもたれるジェイクの姿が目に入った。たちまち気持ちが沈んだ。

　理由はよくわからないが、ジェイク・モーガンを見るだけで彼女の心は乱れる。自信に満ちあふれた彼の態度を見ていると、なぜか腹が立ってくる。だが、問題はそれだけではない。ジェイクのまなざしが官能的すぎるからかもしれない。それとも、彼の体から放たれる男性的な魅力が、強烈すぎるからだろうか？

「こんなところで何をしているの？」ケイトは尋ねた。

　ジェイクはいっぽうの膝を曲げ、足首を交差させていた。ジーンズは色あせている。五月の夕暮れにしてはかなり寒かったが、Ｔシャツの上にフランネルの長袖シャツを羽織っただけだ。ボタンは留めておらず、袖もまくり上げている。

　あいかわらずだ。男は寒くてもコートなど着るべきではない、と心に決めているのだろう。いや、セクシーな肉体をコートで隠してしまいたくない、と考えているのかもしれない。

　彼女はポケットから車のキーを取り出し、リモコンでドアのロックを解除した。すると、ジェイクが彼女の車から体を離した。

「きみに会いに来たんだ」

「そうだろうと思っていたわ」ケイトは後部のドアを開け、ブリーフケースを座席に滑り込ませた。だが、運転席に近づこうとはしなかった。ジェイクが運転席のドアのすぐ前に立っているからだ。無理に乗り込もうとすれば、体が触れ合ってしまうだろう。

「あなたはいつも駐車場で女性を待ち伏せしているの？　ストーカーと見なされる危険があるわよ」

　ジェイクの顔にゆっくりと笑みが広がった。「あいかわらずきみは真面目だな」

　実は真面目な返答ではなく、ジョークのつもりだった。しかし、ジェイクの皮肉が気に障ったので、彼女はあえて言い返した。「わたしはこういうことをジョークにしないわ」

「ああ、そうだろうな。それはそうと、ぼくがここに着いたときには、裁判所はもう閉まりかけていたぞ」

「警備員も五時半には帰ってしまうのよ」

「なるほど。だが、ぼくは今夜しか体が空いていないから、どうしてもきみと話がしたかったんだ」

「どうして?」

彼は声をあげて笑った。「疑いの目で見るのはやめてくれ。ベスとスチューのことで話がしたかったんだ」

「それなら、話してちょうだい」

「駐車場でいいのか? すぐそこに——広場の先にはレストランがある。ここは寒いだろう」

ジェイクと二人で食事をする。そう考えるだけで不安が押し寄せてきた。ジョージタウンはテキサス州の静かな町だった。ウィリアムスン郡裁判所の前には歴史を感じさせる広場があり、そのまわりには地元の住人が経営する商店やレストランが軒を連ねていた。

美味《おい》しい料理は食べたかった。しかし、ロマンチックな雰囲気のレストランは避けたい。食事はだめだ。デートのようになってしまう。「寒いのなら、コートを着てくるべきだったわね」

「きみの体を心配しているんだ。震えているじゃないか」

彼の言うとおりだった。妊娠してから、体が冷えやすくなっていた。だが、そんなことはジェイクに話したくなかった。夕食をともにするよりも、妊娠後の体調について説明するほうが、親密な行為のような気がするからだ。

そのとき、ケイトは不意に気づいた。わたしと彼は以前から親密な仲だったんだわ。わたしたちの関係は、ベッドをともにしただけの男女より深い。ジェイクとわたしはひとつの命を作り上げた。

彼の一部がわたしの胎内で息づいているのだ。

そう考えたとたん、彼女は動揺をおぼえた。左右の手で襟をつかみ、ジャケットをしっかりと引き寄せる。ジェイクと食事をするつもりはなかった。彼とは何もしたくなかった。けれど、話し合うべきことはあるような気がした。

「わかったわ。食事をしましょう」

十五分後、ケイトは広場に面したレストランのブースで、彼と向かい合っていた。彼女の前には紅茶のカップが置かれていた。もうじきトルティーヤ・スープとチーズ・エンチラーダが、運ばれてくるはずだった。

紅茶を飲み、ジェイクの顔を盗み見る。彼はベンチシートの中央に腰を下ろし、いっぽうの腕を背もたれにのせていた。そのせいで肩幅がいっそう広く見える。

ジェイクは彼女が知っている男性たち――爪にマニキュアを塗り、肩幅を広く見せるためにテイラーメイドのジャケットをまとう男性たちとは、まるで違っていた。ケイトの視線が彼の肩から手へと移動する。テーブルの上の彼の手は大きく、たくましい。爪はきれいに切ってあったが、マニキュアは塗っていない。どこから見ても男らしい手だ。

男性の手をこんなふうにしげしげと見たことが、いままであっただろうか？　一度もなかったような気がする。何かそれが不躾《ぶしつけ》な行為のように思えてきた。体の中で熱いものが渦を巻く。やがてそれは彼女の奥深くに――胎児の眠るあたりに流れ込み、小さな湖となった。

ケイトは無理に彼と目を合わせた。頬がかっと熱くなった。ジェイクの瞳には楽しげな光が浮かんでいる。彼に心を読まれているような気がした。動揺していることまで、見透かされているように思われた。

　彼女は顔をしかめ、ベンチシートの上で背筋を伸ばした。「誤解しないでほしいんだけど――」

「それ以上言う必要はない。きみがぼくに好感を持っていないことは、最初からわかっている」

「そもそもわたしはあなたのことをよく知らないから、好きも嫌いもないわ」

「いずれにせよ、ぼくを高く評価していない、ということだな」

　この問題に関しては、ケイトにはそれ以上何も言うことができなかった。ジェイクとは数えるほどしか顔を合わせていない。だが、彼のそばにいると、落ち着かない気持ちにさせられる。ジェイクの魅力的な物腰の陰からは、むせ返るようなセクシーさが漂ってくるからだ。彼女はジェイクを〝高く評価していない〟のではなく、彼とどう向き合っていいのかわからなかったのだ。だから不安だった。しかも、ジェイクに心を引かれていることは否定できなかった。でも、どうしていま、こんな気持ちに？　なぜよりによって、わたしはこのひとに魅力を感じているの？

　妊娠しているせいかもしれない。彼がお腹の子の父親だということを、体が本能的に感じ取っているのかもしれない。だとしたら、やはりジェイクとは距離を取ったほうがいい。

　ケイトは決意を固め、背筋を伸ばした。「そうね、高く評価はしていないわね」

「だが、この件に関してはきみはぼくと深く関わっている」

「それは違うわ。この件に関わっているのは、ベスとスチュアートとわたしの三人。あなたの役割はもう終わっているのよ」

「これまではそうだったかもしれない。だが、いまは状況が――」

「状況は何も変わっていないわ」

「いや、きみのプランは変更を余儀なくされたはずだ」

「ええ、計画に変更があったのは事実ね。でも、一人で何とかなるわ」

「本来のプランでは、きみはベスとスチューの力を借りることになっていた。ところが、状況は大きく変わった。ベスたちは自分の子供で手いっぱいのはずだ」

「わたしは自分の面倒が見られない、とあなたは考えているの？　でも、わたしは昔から一人で生きてきたのよ」

「ぼくが言いたいのはそういうことじゃない」

「それじゃ、何が言いたいの？」

「きみはかなりつらい妊娠第一期《ファースト・トライメスター》を過ごしたとベスから聞いたんだ。第二期はそれほど悪化しなかったとしても、第三期には――」

「ずいぶんと詳しいのね。産前ケアの講座にでも出席したの？」

　ジェイクは顔をしかめた。「別にそういうわけじゃない。ただ、この一年半のあいだに、五人の同僚に子供ができたんだ。奥さんが真夜中に急に腹を空《す》かせたりとか、靴紐《くつひも》が自分で結べなくなったりとか、その手の愚痴をうんざりするほど聞かされたのさ」

「わたしの部屋に引っ越したりしないかぎり、あなたには関係のない話よ」ケイトは声をあげて笑った。だが、笑い声はすぐに途絶えた。ジェイクが真顔だったからだ。「まさか。冗談でしょう？」

　ケイトは彼が吹き出すのを待った。しかし、彼の表情は変わらなかった。

「本気なの？　わたしたちはいっしょに暮らすべきだ、とあなたは考えているの？」

2

ケイトはベンチシートの上で身を縮めた。「正気の沙汰じゃないわ」

どうやら話の進め方を少し間違えたようだな、とジェイクは思った。

「とりあえず、ぼくの話を――」

「あなたが炎上中のビルに飛び込むくらい向こう見ずなひとなのは知っているけど、これは完全にどうかしているわ」

いや、〝少し間違えた〟どころの騒ぎじゃなさそうだ。

「いまのはジョークなの？　そうだとしても、まるで笑えないわよ」

「ジョークじゃない。とにかく説明を――」

ちょうどそのとき、ウエイトレスがテーブルに近づいてきた。

料理が並べられるあいだ、ケイトは怒りの表情で黙り込んでいた。

ウエイトレスが姿を消すと、ケイトは言った。

「わかったわ、説明してちょうだい」

象牙色の肌、後ろでまとめた黒髪。彼女は美しかった。彼がこれまで付き合ってきた女性とはまるで違う。ケイトはセクシーで頭の回転が速く、自立を何よりも重んじていた。

彼女を口説きたい、という気持ちがないと言えば嘘《うそ》になる。しかし、いまそんなまねをしても話が複雑になるだけだ。

「きみの部屋に引っ越すつもりはないさ」ケイトの怒りは多少収まったようだ。だが、ここは戦術を変更したほうがよさそうだ。「それでも、ぼくはきみの力になれると思う。ベスとスチューもきみのことを心配しているんだ」

「あの二人、いつもわたしの心配をしてるのよ。かりに今回の件がなかったとしても、何か別のことで気を揉《も》むはずよ。ベスなんて、四六時中ひとの心配ばかりしているタイプだし」

「彼女は責任を感じているんだよ。この一件できみの人生は変わってしまった。だが、ぼくはきみの力になれるはずだ」

「あなたがどんな力になれるというの？」

「どんなことでもする。洗濯とか、買い物とか、料理とか。あまり頑《かたく》なな態度は取らないでくれ。何もかも自分一人で背負う必要はないんだ」

ケイトは腹立たしげな顔で身を乗り出した。「別に頑なになっているわけじゃないわ。自分の面倒くらい自分で見られる、ということよ。わたしはあなたのお荷物じゃないわ」

「きみをお荷物だと言ったおぼえはない」

「そうね、お腹《なか》の赤ちゃんだってあなたにとってはお荷物じゃないわね。何もかもあなたとは関わりのないことだもの」

「いや、それは違う。ぼくがこの件と関わりがあることは、きみにも否定できないはずだ」

ケイトは、それ以上言わないで、という顔で手を振ってみせた。「たしかにあなたはとても重要な役割を果たしてくれた。鍵の掛かる個室で、プラスチックの容器を片手に三十分かけて励んでくれたことを軽んじるつもりはないわ。でも、あえて言わせてもらうけれど、あなたの役割はそこで終わったのよ。そこから先はわたしの責任だわ」彼女はそう言い、自分の腹部を示した。

「だが、すべてを一人で抱え込まなくてもいいはずだ」

ケイトは思い詰めたような表情で言った。「いいえ、わたしはすべてを一人で抱え込むつもりよ」

「しかし――」

「あなたが善意で言ってくれているのはわかるわ。でも、いま話しているのは、あなたの向こう六カ月の人生についてなのよ。きっとあなたは途中でうんざりするはずだわ」

「いや、そんなことは――」

「あなたを侮辱する気はないの。でも、このままだとあなたはまる半年、妊婦の面倒を見ることになるのよ。完璧な人格者じゃないと務まらない話だわ。しかも、あなたは完璧な人格者じゃない」

「いや、きみはぼくという人間を誤解している」

「あなたは他の女性とのデートをキャンセルして、わたしの服を洗濯するつもりなの？　いまのあなたにとって妊娠は目新しいイベントかもしれないけど、じきに飽きるわよ」

「ぼくはすぐに飽きて姿を消す、ときみは考えているんだな？」

「あなたを頼るつもりはないわ。頼りにならないことは、最初からわかっているんだから」

ジェイクは背もたれに体を預けた。「やっぱりきみは、ぼくを底の浅い男だと思っているんだな？」

「あなたを批判しているわけじゃないの。そもそもわたしは、他人をあまり高く評価するタイプじゃないし」

「それは冷淡すぎる」

「冷淡じゃなくて、現実的なのよ。毎日裁判所で仕事をしていると、人間の最悪の部分を目にしてしまう。わたしは知っているのよ。人間がどれほどひどいまねをするのかを。〝愛している〟と言いながら、家族や恋人を傷つけたり裏切ったりするものだわ。わたしが判事補として四年働いて学んだことは、自分以外は誰も信用できないということよ」

「ベスやスチューはどうなんだ？」

「もちろんベスたちのことは信じているけど、あの二人に面倒を見てもらうつもりはないわ。向こうにも子供が生まれるんだから。わたしは一人でも平気。昔からそうやって生きてきたわけだし」

ケイトはバッグを手に取り、テーブルに二十ドル紙幣を置くと、振り返りもせずに店から姿を消した。

ジェイクはしばらく紙幣を凝視していた。皮肉な思いがわき上がってきた。女性とこれほど深く関わろうとしたことは、いままで一度もなかった。それなのにケイトは、彼に夕食代すら払わせようとしなかったのだ。

ジェイクは彼女と同じように二十ドル札をテーブルに置くと、携帯電話を取り出し、スチューに電話をかけた。

「きみの言うとおりだった」

「見込みはないと忠告したはずだぞ」

「侮辱だと思われたようだ」

スチューは笑った。「そうだろうとも。大人の女性に向かって、〝きみは自分の面倒が見られない〟と言ったも同然だからな。しかも、相手は並みの女性じゃない。ケイトは昔から他人の力を借りずに生きてきたし、自分の能力に誇りを持っている。ところがきみは、そんな彼女の能力に疑問符を付けた」

「いや、そういう問題じゃない。彼女はぼくを嫌っているんだ」

「それは違うんじゃないかな。誤解されているだけだろう」

とんでもない話だ。ぼくはこれまで数多くの女性と出会い、いい関係を築いてきた。それなのに、ぼくの子供を妊娠している女性に嫌われるとは。

彼女に出会ったのは八年前のことだ。あのころ彼は若く、愚かだった。セクシーさを売り物にする男が、ある種の女性たちから疑いの目で見られることを知らなかったのだ。あのときの彼は、軽薄な態度でケイトに接していた。ケイトは八年前の彼の振る舞いを忘れていなかった。薄っぺらい男だと考えているのだ。

「これからどうするつもりなんだ？」スチューが尋ねる。

「ぼくにできることはあまりない。ここから先はケイトしだいだ。ぼくの提案は理に適《かな》っているはずだ。だが、彼女がそう思わないのなら手の打ちようがない。それにしても、彼女とベスはまるで似ていないな。ベスならイエスと答えたはずだ」

スチューは笑った。「ベスはこの世に二人といない女性だからな」

ケイトだってこの世にただ一人の女性だ。ジェイクはそう思いながら携帯電話をポケットに戻し、自分の車に向かった。

ケイトは彼がいままで出会ったどんな女性とも違っていた。タフでシニカルで頑固だった。そう、彼女は恐ろしく頑固な女性なのだ。

ジェイクは、自分の提案が的確なものであると信じていた。これから数カ月のあいだ、ケイトには助けが必要なのだ。だが、どうすれば彼女を説得できるのかがわからなかった。とはいえ、一人ですべてをやり遂げようとするケイトの思いは賞賛に値する。

状況を考えると、彼女に申し出を断られたのは、むしろ幸運と考えるべきなのかもしれない。これで父親としての責任から解放される。こうなれば、スチュアートにも彼を非難できないはずだ。

それなのに、大切なものが指のあいだから滑り落ちるような感覚が拭いきれないのは、いったいなぜなのだろう？

妊娠したケイトの力になりたい、と彼は考えていた。しかし、なぜそう感じるのかは、自分でもよくわからなかった。彼女を助けたかった。ただそれだけのことなのだ。彼はケイトに心を引かれていた。

だが、そんな思いとこの気持ちのあいだには、何の関係もないはずだ。

首を左右に振り、もやもやとした思いを振り払う。ぼくは手に入れた自由を喜ぶべきなんだ、と家に向かう車の中で彼は考えた。しかし、なぜか喜ぶ気にはなれなかった。

最悪のスタートを切った一週間は、日を追うにつれてさらにひどいものになった。

ベスに妊娠を知らされ、ジェイクと夕食をともにしたかと思うと、今度はこれだ——木曜日の朝にハッチャー判事に呼び出される羽目になったのだ。

ハッチャーが保守的な有権者の支持を得て地方裁判所判事に選出されたのは、二年前のことだった。ケイトたち判事補にとって判事は上司に当たるが、彼女とハッチャーの関係は良好とは言えなかった。ハッチャーにとって判事の地位は、政治的野望を満たすための踏み台にすぎず、ケイトは上司の行く手をふさがないように注意してきた。だが、いまその状況が完全に変わろうとしていた。

落ち着きなさい、と胸中でつぶやきながら裁判所別館の自分のオフィスに戻る。すると、同僚の判事補、ケヴィン・トンプスンの姿が目に入った。

「どうだった？」

「どうして知っているの？　わたしがハッチャーに呼び出されたことを？」

「ここでは、噂《うわさ》はあっというまに広がるんだ」

ケイトは顔をしかめた。

ケヴィンは身を乗り出した。「それで、話し合いはどうだった？　きついことを言われたのか？」

「ハッチャーはいつもと同じよ。不作法で恩着せがましかった。だから、何も言い返さずに黙っていたわ」

「よく我慢したな。ハッチャーと話をしていると、正気を失いそうになるんだよ。ずっと下を向いて、トラブルに巻き込まれないようにするのがベストだ。あと半年すれば、あの男もいなくなる」

「そう言われても気持ちは晴れないわ。たしかに半年後に選挙は終わるけど、それでハッチャーがいなくなるということは、彼がテキサス州最高裁判所の判事に選ばれる、ということなのよ」

「そうだな。だが、少なくともぼくたちの上司ではなくなる。ともあれ、あの男が州最高裁の判事に立候補したこと自体が、ぼくらにとっては頭痛の種ということだな」

　ケイトはため息をついた。ケヴィンの言うとおりだった。

「ハッチャーは、わたしの手からマケイン裁判を奪おうとしているわ」

「きみは手を引くつもりなのか？」

「手を引く？　まさか。そんなつもりはないわ。もう何カ月も手がけてきた裁判なのよ」

「世間の注目を浴びている裁判だからな」

　ロジャーとシーラのマケイン夫妻は地元のＩＴ企業の経営者で、数百万ドルの利益を稼ぎ出していた時期もあった。この二人の離婚騒ぎには、世間の注目が集まっているのだ。「いままでは地元のローカル雑誌に記事が載る程度だったのに、最近は州内の大新聞にも取り上げられるようになったわ。上手《うま》く利用すれば選挙に有利に働く、とハッチャーは考えたんでしょうね」

「大新聞で報道されれば宣伝になるからな。裁判はハッチャーにまかせたほうがいいんじゃないのか？」

「そんなことをしたら、ハッチャーはマケイン夫妻の離婚を見世物にするわよ。二人がどんな目に遭わされるか考えてごらんなさい。子供たちはもっとつらい思いをするはずよ。わたしは裁判から手を引くつもりはないわ」

ケヴィンはゆっくりと首を左右に振った。「それは危険な選択だぞ、ケイト」

「ハッチャーの圧力に屈したくないのよ。だいたい、彼に何ができるというの？　わたしを首にするとは思えないし」

彼女は笑ったが、笑い声はすぐにやんだ。ケヴィンがにこりともしなかったからだ。

「罷免の可能性がある、とあなたは言いたいの？　あり得ないわ。いくらハッチャーでも、判事補を辞めさせたりしないはずよ」

「きみがあの男に口実を与えれば、そういう展開も充分に考えられる。行動に倫理的に問題があると見なされた場合は、特に危ない」

「あなたは不安を感じているの？」

「ぼく？」ケヴィンは肩をすくめた。「いや、そんなことはない。注意深く行動しているからね。ここでぼくの秘密を知っているのはきみだけだ」

ケヴィンはゲイという言葉をあえて使わなかった。保守派が多数を占めるこの裁判所では、軽々しく口にできるものではない。

「それに、ハッチャーはぼくを敵視していない。きみを辞めさせることができれば、あの男はみずからマケイン裁判を担当し、メディアへの露出を増やすことができるんだ」

話を聞いているうちに胃が痛くなってきた。ケヴィンの推測が正しかったらどうなるの？　ハッチャーがわたしを罷免にする口実を探しているのだとしたら？

ケイトは品行方正な人生を送ってきた。非難されるようなことは何もしていない。だが……。

だが、いま彼女は妊娠していた。しかも、結婚の予定はないのだ。

五カ月前、ベスとスチューのために代理母になると決めたときは、すべてがシンプルだった。ハッチャーはまだ州最高裁判事に立候補していなかった。保守派の同僚たちは眉をひそめていたのかもしれないが、姉のために代理母になろうとするケイトを非難しようとはしなかった。ところが、今度はベスが妊娠してしまった。ケイトの妊娠は、倫理に反するものと見なされてしまうのだろうか？

彼女の不安の表情に気がついたのか、ケヴィンが早口で言い添えた。「心配する必要はないさ。きみは対応力が高いから、ハッチャーに口実を与えるようなまねはしないはずだ」

「でも、もしミスをしたら？」

「きみが？　ミス・パーフェクトが？　きみはもう何十年もミスを犯していないはずだ」

「わたしが何かまずいことを――ハッチャーの目から見て問題のあることを仕出かしたとしても、彼は八人の地方判事の一人にすぎないわ。他の七人を説得できないかぎり、わたしを罷免に追い込むことはできないはずよね？」

「それはきみの言う〝問題のあること〟が、裁判所の権威をどのくらい損なうかによるだろうな。ハッチャーは、倫理的な正しさを選挙活動の中心に据えている。地方判事たちは、倫理的に問題があると見なされることを何よりも嫌っているんだ。だが、きみは清廉潔白な女性だから、何の心配もいらないはずだ。そうだろう？」

ケイトは作り笑いを浮かべた。「ええ、そうね」

ケヴィンが姿を消すころには、彼女は眩暈《めまい》に襲われていた。デスクを茫然《ぼうぜん》と見つめ、自分自身に何度も問いかけた。ケヴィンの言うとおりなの？

残念だが、答えは〝イエス〟だ。もう少しすれば、周囲のひとびとは彼女をシングルマザーだと考えるはずだ。ハッチャーはそれを理由に、彼女は〝倫理的に問題がある〟と非難するかもしれないのだ。

3

ケイトはジェイクのアパートメントのドアの前に立ち、彼を待っていた。体は震えていた。

ようやくドアが開くと、彼女は言った。「話があるの」

ジェイクは当惑の表情を浮かべ、しばらく彼女を見つめていた。

そのせいで、ケイトも彼の顔をじっと見返すことになった。ジェイクはハンサムだった。男性的な魅力に満ちあふれている。しかも、上半身は裸だ。

だが、何よりも彼女を驚かせたのはジェイクの体の大きさだった。自分が華奢《きゃしゃ》でか弱い女性であるような錯覚に襲われた。ケイトの身長は百七十五センチ。華奢だと思ったことは一度もない。

こんな気分にさせられたのは初めてだった。

しかし、まるで嬉《うれ》しくなかった。ベスとスチューが選んだ精子提供者が、彼でなければよかったのだが。ジェイクはとことん苦手なタイプだった。

いま目の前にいる彼は、急いでベッドから抜け出したように見える。

「ごめんなさい」ケイトはつぶやくように言った。「一人じゃなかったのね」裸の胸、乱れた髪、寝ぼけたような顔。すぐに気づくべきだった。恥ずかしさにいたたまれなくなる。「また別の機会に出直すわ。今日わたしがここに来たことは、忘れてちょうだい」

だが、踵《きびす》を返すよりも早く、ジェイクが彼女の腕をつかんだ。

「いや、帰る必要はない。寝ていただけなんだ。話があるのなら聞かせてくれ」

彼はケイトを部屋に引き入れた。決して乱暴なやり方ではなかったが、彼のほうが力が強いという事実を否応《いやおう》なく思い知らされた。ジェイクは足でドアを閉めると、彼女に向き直った。

「わたし……」ケイトは声をあげた。しかし、彼の剥《む》き出《だ》しの胸を目にしたとたん、頭が真っ白になった。

「何かあったのか？　具合が悪そうだが」

「ちょっと眩暈《めまい》がするの」彼女は嘘《うそ》をつき、ジェイクの腕を振りほどいた。

彼はケイトを革張りのソファに導いた。「座ったほうがいい。何か飲むか？　水？　いや、ミルクのほうがいいな。ミルクを持ってこようか？」

ジェイクが唐突に世話を焼きはじめたため、ケイトは当惑した。彼が水分補給にまで気を使ってくれるとは、思ってもいなかった。

「いいえ、何もいらないわ。ごめんなさい、休んでいるところをお邪魔しちゃって。事前に連絡しておくべきだったわね」

「きみは何の邪魔もしていない。ぼくは寝ていただけだ」ジェイクは微笑《ほほえ》み、椅子の背に掛かっていたフランネルのシャツを羽織った。「一人で」

「そうだったの」そう応えながらも、どこか釈然としなかった。今日は金曜日。しかも、時刻はまだ夜の九時半なのだ。

ケイトの不審の表情に気づいたのか、ジェイクは説明を付け加えた。「今日は早番だったんだ」

「ごめんなさい。わたし――」

「別に謝る必要はない。ぼくに話があるんだろう？」

彼がソファの脇の椅子に腰を下ろす。やはり距離が近すぎるような気がした。

「ええと、話というのは……」言葉が喉で詰まった。

それでも何とか声を絞り出す。「わたしと結婚してくれないかしら?」

ジェイクは凍りついた。驚愕《きょうがく》の表情を浮かべ、鋭い口調で尋ねる。「何だって?」

「どうしても結婚しなくちゃならないのよ」大急ぎで言い添える。「妊娠したわたしを助けたい、とあなたは言ってくれたわよね。どんなことでもする、って」

「それは洗濯を手伝うとかそういう話だ。結婚なんて考えてもいなかった」

「力になりたい、と言ったはずよ」

「たしかにそう言った。だが、結婚となると話は別だ。きみはほんとうに結婚したいのか?」

「かたちだけの結婚でかまわないの。子供が生まれるまででいいのよ」

「ちょっと話を整理させてくれ。四日前、きみはぼくが買い物を肩代わりすることさえ拒否していた。ところが、いまになって結婚を申し込むのか?」

「そのとおりよ。というか、状況が変わったの。未婚のまま子供を産んだら、罷免になる可能性が出てきたのよ」

ジェイクは黙り込み、やがて尋ねた。「その可能性というのは、パーセンテージで言うとどのくらいなんだ?」

「四十……いいえ、九十パーセントくらいね」

彼は無言でケイトを見つめていたが、立ち上がり、キッチンに向かった。冷蔵庫のドアを開け閉めする音が聞こえたかと思うと、ジェイクはビールを片手に戻ってきた。

「つまり、九十パーセントの確率で罷免になるというのに、きみはその事実を明かさなかったわけだな?」

「ベスが妊娠するだなんて、思ってもいなかったのよ」ハッチャーが州最高裁判事の地位を狙っていることを、彼女は手短に説明した。「不妊の姉のために代理母を務めるのは賞賛されるけど、姉がすでに妊娠しているのに代理母になろうとするのは不審の目で見られる、ということよ」

「きみとベスが同時に妊娠したことに誰かがかならず気づくはずだ、と？」

「そのとおりよ。ベスとスチューは顔が広いわ。この町の住人の半分は、二人が経営している健康食品のお店を知っている。気づかれずにすむはずがないわ」

「それなら、事情を説明すればいいだろう。たいていの人間は理解してくれるはずだ」

「そうね、あなたの言うとおり。たいていのひとはそれでわかってくれるわ。でも、〝たいていのひと〟が納得してもしなくても、結局ハッチャーはわたしを辞めさせるはずよ」

「雇用契約書には罷免に関する条項がないのか？」

「判事補は判事の指名によって採用されるから、契約書はないわ」

「そのハッチャーという判事は、自分の気まぐれできみを辞めさせることができるのか？　それは横暴すぎるだろう」

「そうね、たしかにそのとおり。でも、ハッチャー一人でどうにかできるわけじゃない。地方判事は州内に八人いるから、これはその八人の投票で決まることなの。たぶんハッチャーは記者会見を開いて、〝倫理的に問題がある〟と言ってわたしを非難すると思うわ。そのあと〝良識ある〟市民が何人か声をあげれば、すべては終わる。ハッチャーは地方判事たちの賛成票を取りまとめ、わたしは罷免になるのよ」

「他の判事たちはハッチャーの意見に賛成する、と？」

「その可能性は高いわね。ハッチャーとしては、わたしが過ちを犯したことを証明する必要すらないわ。わたしを支持すれば評判を落とす可能性がある、と他の判事たちに思い込ませるだけでいいのよ。選挙が目前に迫っているから、判事の大半はハッチャーに異を唱えないと思うわ」

ジェイクは何も言わなかった。しかし、顎の筋肉はこわばっていた。彼もケイトに負けないくらい腹を立てているようだ。

「ウィリアムスン郡はテキサスでいちばん保守的な郡だから、未婚の母という烙印《らくいん》を押されたら、罷免は避けられないのよ」

彼は納得したようだった。司法に携わる者には高い倫理性が要求される。このままでは、ケイトは倫理的に問題がある人間と見なされるだろう。

「だが、結婚で状況が好転するとは思えない。きみとベスが同時に妊娠したことは、いずれ世間に知られるだろう。だが、ぼくたちが結婚から半年で離婚し、ベスがきみの子供が引き取れば、その噂《うわさ》も町に広まるはずだ。結局、きみは半年後に倫理性の問題を突きつけられるだけなんだ」

「いいえ、それは違うわ。十一月には――子供が生まれるころには、選挙はもう終わっている。投票の結果がどうであれ、わたしはハッチャーの選挙戦略とは関わりがなくなるのよ。つまり、十一月まで我慢すればいいの」

ジェイクは彼女を凝視していたが、やがて当惑の表情で首を左右に振った。「状況は最悪だな。とはいえ――」

ケイトは立ち上がった。「力になりたい、とあなたは言ったはずよ」

「ああ、そうだな。だが――」

「〝どんなことでもする〟とも言ったわ」

「たしかに。しかしきみは、ぼくを信用していないと応えたんだ」

「それなら、わたしの判断が間違いだったことを証明してみせて」彼女はジェイクの目を正面から見据えた。

「きみはぼくが夫にふさわしい人間だと思っているのか？」

「夫として不適切だったとしても別にかまわないわ。結婚式と指輪さえあればいいのよ」

彼は声をあげて笑った。「それはハードルを下げすぎじゃないのか？」

「話をこれ以上複雑にしないでちょうだい」

信じられないことに、ジェイクはにやにや笑いはじめていた。すでにパニックから立ち直っているのだ。「まずきみがぼくの申し出を拒絶したんだ。話が複雑になったのはきみのせいだぞ」

ジェイクはこの状況を面白がっているのだろう。ケイトは歯軋《はぎし》りをした。「あのとき、わたしは驚いていたのよ。ただそれだけの話だわ」

「〝正気の沙汰じゃない〟とも言っていたな」

彼の言葉を耳にしたとたん、自分自身が恥ずかしくなった。ひどい言葉をぶつけてしまったものだ。だが、ジェイクは特に気にしていないようだ。腹を立ててもいないようだった。むしろ、楽しげな顔をしている。

「あなたはいつも、そんなふうにふざけているの？」

「だいたいそうだな」

「正気を疑われても？」

彼は肩をすくめた。「もっとひどいことを言われた経験もある」

「こんな話をしても無意味ね。正気を失っているのは、あなたじゃなくてわたしのようだし」

ジェイクは立ち上がり、肩に手を置いて彼女を再びソファに座らせた。「落ち着いてくれ。いまのはただのジョークだ」

「それなら、もうジョークはやめて。そういう状況じゃないんだから。真面目な話がしたいの」

「きみがそう言うのなら仕方がないな」

「ええ、真面目になってちょうだい」立ち上がって、部屋をぐるぐると歩きまわりたかった。しかし、そんなことをすれば、また肩に手を触れられるかもしれない。そんな危険は冒したくなかったので、ソファの隅に体を移動させる。「話はビジネスライクに進めましょう。ルールや境界線をきちんと決めておかないと」

「やれやれ、きみは結婚の最大の楽しみを捨てるつもりでいるんだな」

　これもジョークだということはわかっていた。だが、まったく笑えなかった。

「わたしは真剣なのよ」

「それはわかっている。大真面目な顔をすると、きみはとてもかわいいな」

「かわいい？」わたしがかわいいはずがない、とケイトは思った。そんなことは誰にも言われたことがない。そもそも、彼女は判事補なのだ。判事補がかわいくていいはずがない。たぶんテキサス州の憲法で禁じられているはずだ。

「そこまで怒らなくてもいいだろう」

「別に怒っていないわ」

「そうだな、きみは冷静そのものだ」

「いいえ、わたしは――」ケイトはそこで深く息を吸った。「こういうことがあるから、境界線が必要なのよ」

「こういうこと？」

「ええ、そうよ。わたしとの契約関係を円滑に進めるのなら、こんな誘惑みたいな台詞《せりふ》はやめるべきだわ」

　ジェイクは眉を上げた。彼女のうろたえぶりを楽しんでいるのは明らかだった。「誘惑みたいな台詞だって？　つまり、ぼくはきみを誘惑している、と言いたいのか？」

　からかうような口調だった。

　境界線よ、と自分自身に言い聞かせる。境界線を引かなくては。

「手近にいる女性を誘惑するのはあなたの勝手だけど、わたしにそういう態度を取るのはやめて。結婚生活をそこまで親密なものにするつもりはないわ」

「〝結婚生活をそこまで親密なものにするつもりはない〟か。すごい台詞だな」

「あなただってわたしと……親密な関係を築くつもりはないはずよ」

　ジェイクの唇が震えた。笑いをこらえているのかもしれない。「親密な関係を築くつもりがない？」

「ええ、そうよ」ケイトは頬が熱くなるのを感じた。こういう話をすると、どうして恥ずかしくなるのだろう？　わたしは大人の女のはずなのに。「わたしが言っているのは肉体的な親密さのことなの」

　口ごもりもせず、滑らかに話すことができた。だが、気がつくと頭の中にひとつのイメージが浮かんでいた。それは乱れたシーツの上に裸で寄り添う二人の姿だった。

　ケイトは仰天した。わたしはジェイク・モーガンに欲望なんて感じていないはずよ。感じるはずがない。この状況でそれはあり得ない。

　しかし、彼女が驚いたのはそれだけではなかった。ジェイクの瞳にも炎が燃え上がっていたのだ。

　だが、炎は一瞬で消えた。ジェイクの唇にまたしても笑みが浮かぶ。

「ぼくはきみの魅力に抵抗できない。きみはそう考えているんだな？　ひとつ屋根の下で暮らしていたら、ぼくたちは欲望に膝を屈し、ルールを破ってしまうかもしれない、と？」

「それはないわ。でも、ルールは決めておいたほうが——ちょっと待って。あなたはわたしといっしょに暮らすつもりなの？」

「結婚したばかりの夫婦が別居しているのはおかしいだろう？　住むのなら、きみの家のほうがいいな。あっちのほうが広い。だが、この部屋で暮らしたいと言うのなら、それでもかまわない。ただ、ベッドはひとつしかないぞ」

　彼はわたしと同居するつもりなの？　そんなことになったら、わたしはどうやって感情のバランスを取ったらいいの？

「だめよ。あなたといっしょに暮らすつもりはないわ。絶対に上手《うま》くいかないもの」

　しかし、ジェイクはきっぱりと言った。「いや、このやり方でなければ計画は失敗する。夫婦が別の家に住んでいたんじゃ、疑いを招くだけだ。ハッチャーか誰かに嘘を見破られるぞ」

「あなたの言うとおりね」ケイトはあきらめ、ため息をついた。「それなら、どうすればいいの？」

「ほんものの結婚式を挙げるんだ。場所は教会でなくてもいいが、おたがいの友だちは招待しよう。どうやって知り合ったか、というストーリーも考えておく必要があるな。式の当日に赤ん坊の話を出すという手もあるが、それだと子供のために結婚する、と誤解される恐れがある」

「誤解ですって？　愛し合っているから結婚すると言ったところで、誰も信じないわよ」

「いや、信じてもらうのさ。そのためには、それらしく振る舞う必要があるんだ」

4

こうしてケイトは、つぎの金曜日に結婚することになった。

場所は裁判所だった。ウォルゼン治安判事の前で式を挙げるのはロマンチックとは言えないが、この結婚に関してはそれでもかまわなかった。しかも裁判所で結婚すれば、ハッチャーを始めとする職場の人間にもすぐに知れ渡るはずだ。

これが最良の解決策だ、と彼女は何度も自分に言い聞かせた。しかし、気持ちはどうしても落ち込んでしまう。わたしは結婚するんだわ。こともあろうにジェイク・モーガンと！

日曜日の夜、ケイトはベッドに体を横たえ、何とか眠ろうとした。だが、いやでも結婚のことが頭に浮かぶ。

昼間はジェイクのために予備の部屋から荷物を運び出し、疲れてしまったため、ベッドには早めに入った。ジェイクは自分の部屋を引き払うつもりでいた。ケイトは抗議したが、彼は耳を貸さなかった。家具も彼女の家に運び入れるつもりでいた。体を動かし、くたびれてしまえば眠れる、とケイトは考えていた。しかし、ベッドに入っても目は冴《さ》えたままだ。心臓は高鳴り、頭の中ではさまざまな思いが駆けめぐっている。

そのとき電話が鳴り、彼女は驚いて体を起こした。急いで受話器を取る。

「スチュー？」

「いや、ジェイクだ。スチューから電話が入る予定だったのか？」

「いいえ。夜に電話がかかってくることがあまりないものだから、つい……。別に気にしないでちょうだい」

「ベスに何かあったのでは、と思ったんだな？」

「ええ」夜中の電話は人生を変えることがある。ケイト自身も何度かそういう経験をしていた。「何かあったの、ジェイク？」

「急に電話して申し訳ない。きみが動転するとは思っていなかったんだ」

「動転はしていないわ」彼女は嘘《うそ》をついた。

「言い訳になるが、まだそんなに遅い時間じゃないはずだ」

　ケイトは時計に目をやった。九時二十三分。ジェイクの言うとおりだ。たいていのひとびとはまだテレビを見ている時間だ。

「なるほど、妊娠していると疲れやすいから、早めにベッドに入るということだな。ぼくには学ばなくちゃならないことが、いろいろありそうだ」

「それで、どういう用件なの？」

「ストーリーを考えていたんだ」

「ストーリー？」

「ぼくたちがどうやって知り合ったのか、というストーリーさ。以前そういう話をしただろう？　いまのうちに口裏を合わせておくべきだ。絶対に訊《き》かれる質問だからな」

　彼女はジェイクの姿を頭に思い描いた。彼は例の革張りのソファに身を横たえ、テレビのスポーツ中継を眺めながら電話をしているのだ。

　彼のイメージを頭から振り払い、ケイトは言った。

「別にストーリーを考えるまでもないわ。わたしたちはベスとスチューの結婚式で出会ったんだから」

「八年前の結婚式で知り合い、いまになって急に結婚することにした、と？　だめだな、それじゃ説得力がない」ジェイクは笑い声をあげた。「きみは嘘が下手なタイプのようだな」

「わたしは判事補なのよ。上手に嘘をつく必要なんてないわ」

「職務に必要とされる技能じゃない、というわけだな？」

「そうね。いずれにせよ、ストーリーはシンプルで嘘が少ないほうがいいわ。でも、ほんとうにそんな作り話が必要なの？」

「どんな夫婦にだって、結婚までのストーリーはあるものさ。つまり、ぼくたちが結婚すれば、誰からもそれを訊かれるということだ」

「そうとは思えないわ。すべてのカップルに面白いエピソードがあるとはかぎらないし、そういう質問をしてこないひとだっているはずよ」

「ベスとスチューはどんなふうに出会ったんだ？」

「知らないわ。テキサス大学の新入生のときじゃないかしら。姉さんは、キャンパスの近くのサンドイッチ・ショップでアルバイトをしていたのよ。スチューはベジタリアンなのに、いつもチーズステーキ・サンドイッチを頼んでいたらしいわ。作るのに時間がかかるメニューだったから、そのあいだに姉さんと話を――ちょっと待って。あなたもこのエピソードは知っているはずよ」

「もちろん知っている。だが、これでぼくの主張が正しいことが証明されたはずだ。どんなカップルにもストーリーはあるのさ」

「そうかもしれないわね」彼女はしぶしぶ答えた。

「きみのご両親のなれそめは？」

ケイトは唇を噛《か》んだ。何と答えていいのかわからなかった。彼女の母は酒場で泥酔しているときに父と出会った。それから九カ月後、ケイトが生まれるころには、すでに名前すら忘れていたらしい。〝オースティンの警官かダラスのセールスマン。オハイオのトラック運転手だったかも〟と母は言っていた。

そのうちの誰が父親だったとしても、そこには

″なれそめ″と呼べるようなものはなかった。やむなく彼女は嘘をついた。

「両親はハイスクール時代からの恋人同士で、若いうちに結婚したのよ」

ジェイクが何も質問してこなかったため、今度は彼女が尋ねた。「あなたのご両親はどうなの？　どうやって出会ったの？」

彼はすぐには答えなかった。やがて、彼が何かを飲む音が聞こえた。

おそらくビールだろう。キッチンのドアフレームにもたれて立つジェイクの姿が頭に浮かんだ。

どうということもない質問のはずだ。どうしてすぐに答えずに、ビールを飲んだのだろう？　彼も過去を隠そうとしているのだろうか？

「ジェイク？」罪悪感が押し寄せてきた。「別にいいのよ。無理に答えなくても」

「ぼくの父親は、火事で燃えている建物の中から母を救い出したんだ」

「ほんとうなの？　とってもロマンチックね」

その場面を想像してみた。炎に包まれた建物に閉じ込められた恐怖。迫り来る死。煙の中から現れ、若い女性を助け出すハンサムな消防士。おとぎ話のようなエピソードだ。

「ロマンチック？　まあ、そうだろうな。だが、結婚生活の始まりとしては最悪だった。やがて父は仕事で傷を負い、早くに退職することになったが、ショックを受けたのは母のほうだった。ただの男に成り下がった父を、母は一生許さなかったんだ」

彼の声にひそむ何かがケイトの胸を刺した。深刻な口調だった。しかも、どこか悲しげだった。

ジェイクの心の傷が垣間見えたような気がした。

彼女の心は乱れた。何と言っていいのかわからなかった。

彼はまたしても黙り込んだ。さらにビールを飲む音が聞こえた。

ジェイクの姿が見えるような気がした。上下する喉仏。缶の水滴で濡《ぬ》れた指。

ケイトは妄想にのめり込むタイプではなかった。むしろ、想像力が乏しいと批判されるほうだった。

それなのに、どうしてジェイクのイメージを頭から消せないのだろう？

「悪いけど、そろそろ切るわね」彼女は時計に目をやった。「妊婦にとってはもう遅い時間だから」

「ああ、そうだな。いや、待ってくれ。ストーリーがまだ決まっていないぞ」

「明日にまわせないの？　仕事を終えたあとに話し合えばいいでしょう？」

「それだと手遅れになりかねない。明日、式の予約を入れるんだろう？」

「ええ。昼休みにすませるつもりよ」

「予約を入れれば、職場の女性たちが話を聞きたがるはずだ」

「〝職場の女性が話を聞きたがる〟ですって？　どういう意味？」

「女性はこの手の話題には目がない、という意味さ」からかうような口調だった。

ケイトは反論しようとした。だが、結局やめた。彼の言うとおりだった。彼女が式の予約を入れようものなら、裁判所の女性職員たちは必死で話を聞き出そうとするだろう。裁判所担当のジャーナリストや、他の判事補たちも黙ってはいない。当然ながらケヴィンも、しつこく質問を浴びせてくるはずだ。

「何だか急に静かになったな。眠ったのか？」

「要するに、明日までにストーリーを用意しなければならない、ということね。何かアイデアがあるんでしょう？　そうでなければ、こんな話は持ち出さなかったはずだもの」

「ベスとスチューが開いた大晦日《おおみそか》のパーティがきっ

かけだった、ということにしないか？」

「というと？」

「ぼくたちはあの夜、〝恋に落ちた〟ことにするんだ。実際問題、きみもぼくもあのパーティには出席していた」

「そうだったわね」人数の多い集まりは嫌いだったが、姉夫婦の大晦日のパーティには毎年顔を出していた。自宅でテレビドラマの再放送を見るのは、大晦日の過ごし方として間違っているような気がしたからだ。「でも、パーティには五十人くらい集まっていたのよ。わたしたちがろくに話もしなかったことは、みんな覚えているはずだわ」

「いや、誰もそんなことは覚えていない。たいていの連中は酔っ払っていたからな」

「わたしは酔っていなかったけど」

「きみが人前で酒を飲まないことはぼくも知っている。判事補のイメージを守るためなんだろう？」

　酒を口にしないのは、母親のようになってしまうのが怖いからだった。しかし、そんな話はしたくなかった。

「だが、素面《しらふ》だったきみも、パーティの参加者をすべて覚えていないはずだ。そうだろう？」

　ケイトが覚えているのは、ベスの会計士からアラスカのクルージングの話を聞かされ、ひどく退屈したことだけだった。それ以外は誰が何をしていたのか、まるで思い出せない。

「わかったわ。わたしたちは、あのパーティで恋に落ちた。そのストーリーで行きましょう」

「細かい情報も必要だと思わないか？」

「細かい情報？」

「ぼくの記憶に間違いがなければ、あの夜は十二月にしては暖かかった。二人で裏庭に出て、屋外暖炉のそばで過ごしたことにしよう」

「それなら、誰もわたしたちのツーショットを見ていないことも説明がつくわね」

　ベスとスチューの家は敷地が広い。裏庭は細長く、そこかしこに樫《かし》の木がそびえている。あの夜は木々の枝がランタンで飾られていたし、屋外暖炉で寒さをしのぐこともできた。いかにも恋が始まりそうなロマンチックな空間だった。

「すてきね」ケイトはうっとりとした自分の口調に気づき、慌てて背筋を伸ばした。「ストーリーとしてよくできている、という意味よ」

「そうだな。たしかによくできている」

　ジェイクの声は楽しげだった。彼女が偽りの記憶に酔いしれていることに、気づいたのかもしれない。ジェイクのように冷静にこの状況に向き合いたかった。だが彼女はいま、罷免の危機に直面しているのだ。

　それを考えると、ジェイクに感謝するべきなのかもしれない。彼は〝なれそめ〟まで練り上げてくれた。しかも、態度こそ恩着せがましいが、この偽装結婚を真剣にやり遂げるつもりでいるのだ。

「デートの話はどうするつもり？」

「デート？」

「わたしたち、この町ではデートをしなかったのよ。していたら、誰かの目に留まっていたはずだもの」

「きみの言うとおりだな。おそらくぼくたちは、オースティンでデートをしていたんだ」

「わたしたちは、おたがいの関係を秘密にしてきたわけね。でも、それはなぜなの？」

「きみの名誉を守るためさ」

　急にばかばかしくなり、彼女は笑いながら言った。

「あなたがそこまで優しいひとだとは、思ってもいなかったわ」

「何だって？　ぼくは優しい男だぞ」ジェイクは怒ったようなふりをして言った。

「そうね、あなたはわたしの名誉を守るために結婚してくれるのよね。こんなに優しいひとはいないわ」

「そうとも。そのことを忘れないでくれよ」

「忘れたりしないわ。この〝結婚生活〟を上手《うま》く演じ終えたら、借りは返すつもりよ」

「〝結婚〟で思い出したんだが――」彼は咳払《せきばら》いをした。「――ハネムーンはどうする？」

「ハネムーン？」

「そうさ。式を挙げたあとは、どこかに出かけるものだ」

　何てことなの。ハネムーンですって？　どうしてそこまで考えていなかったの？　どこかロマンチックな場所で、ジェイクと二人きりで過ごす。そんな光景が不意に脳裏に広がった。エキゾチックなビーチ。趣のあるベッド。そして、朝食。

「だめよ」彼女は唐突に声をあげた。「絶対にだめ」

　妄想に押し流されるのは仕方がない。でも、実際にジェイクと二人でリゾートに出かけるだなんて、あってはならないことだわ。

　ケイトの口調から、彼は恐怖を感じ取ったようだった。「別に妙なことを企《たくら》んでいるわけじゃないさ。フレデリックスバーグあたりで一、二泊する、というのはどうだ？」

　テキサス州でもっとも美しい町を訪ね、二人きりで夜を明かす？　とんでもない話だわ。

「お断りよ」彼女はきっぱりと言った。「わたしはどこにも行かない」

「しかし――」

「この週末、あなたはうちの家に荷物を運び入れるのよ。秋になったら遠くに旅行に出かける、ということにしておきましょう」

　彼女はジェイクに反論する隙を与えずに別れを告げ、電話を切った。

5

「とても信じられないわ」

ベスは言った。ケイトのオフィスの予備の椅子に座る彼女の顔には、つらそうな表情が浮かんでいた。

ケイトは不安をねじ伏せ、コンピュータの画面に視線を転じた。ベスが裁判所に現れたのは、結婚式の一時間前のことだった。

「そうでしょうね。わたしだって信じられないくらいだもの」

「スチューもわたしも……」ベスは張り詰めた声で言った。「こんなことになるだなんて、思ってもいなかったのよ」

ケイトはため息をついた。これではとても仕事になりそうにない。彼女は立ち上がり、姉に近づいた。

「仕方ないわ。こんな状況は、誰にも予測できなかったはずだもの」

こちらを見上げるベスの顔を見たとたん、ケイトは驚きに打たれた。姉は涙ぐんでいるのだ。ケイトは溜まっていた緊張が体から抜けていくのを感じた。

「泣かないで、姉さん。何もかも上手《うま》くいくんだから」彼女は姉の腕に手を置いた。

ベスは妹の手を握りしめた。「怒っていないの？」

その瞬間、自分の胸に怨《うら》みがましい思いがあることに、ケイトは初めて気がついた。

ジェイクと結婚するのがいやなのではない。罷免の危機が迫っていたことに気づかなかったのも、自業自得としか言いようがない。ベスを怨んでいるのは、自分の人生に何が欠けているのかを思い知らされたからだった。ケイトが望んでも得られないものを、姉は手に入れることができるのだ。だが、自責の念に打ちのめされるベスを見ているうちに、鬱屈した気持ちも消えていった。「怒っていないわ。わたしが姉さんに腹を立てるわけがないでしょう?」

「でも、あなたは……ジェイクと結婚するのよ。ジェイクは嫌いなんでしょう?」

「嫌いなわけじゃないわ。姉さんの言うとおりよ。ジェイクはいいひとだわ」

　やはり、彼女はジェイクのことを誤解していたのだ。初めて彼に会ったのは、ベスとスチューが結婚式前日に開いた夕食会だ。ジェイクの男性的な魅力と端整な容姿に、ケイトは反発をおぼえた。容姿と物腰以外に何の取り柄もない人間だ、と決めつけてしまったのだ。おかしな話だった。もともと彼女は、ひとを見る目には自信があったのだが。

「そうよ、彼はいいひとよ」

「だから、心配しないで。何もかも上手くいくんだから」ケイトは作り笑いを浮かべ、不安を隠そうとした。だが、実のところ〝何もかも上手くいく〟とはとても思えなかった。

　妹の不安に気づいていないのか、ベスは弱々しく微笑《ほほえ》んだ。

「結婚式のために持ってきたものがあるの」自分の店のショッピングバッグを手に取る。「式にはこれを着てほしいのよ」

　恐怖の波がどっと押し寄せてきた。「ああ、ベス……」

「これがほんものの結婚式じゃないことはわかっているわ。でも、ちゃんとした服を着るべきだと思うの。おしゃれな服じゃないし、ウエディングドレスと呼べるようなものでもないけど」

　ベスはぎこちなく笑った。

「そもそも、ショッピングバッグに入れて持ってくるのがおかしいわよね」

「気持ちはありがたいけど、服は別にこのままでいいわ」

「お願い、ケイト」ベスは懇願した。「このドレスを着てちょうだい。わたしだって、あなたのために何かしてあげたいのよ」

「そんなことを気にする必要はないわ」

「でも、このドレスは着てほしいの。これはわたしにとって大切なものだから」

　ケイトはためらいがちにバッグを受け取り、服を取り出した。シンプルなクリーム色のドレスだった。足首まで届く裾丈で、袖はキャップスリーブ。ネックラインはハート形のレースで飾られている。フェミニンな雰囲気のデザインだ。たとえ姉のためでも、こんなドレスは身につけたくなかった。

「あなたが普段はこういうドレスを着ないことは、わかっているわ」ベスはケイトが抗議する前に言った。「でも、ショールともよく合うと思うの」

　ケイトはやむなくショッピングバッグにもう一度手を入れた。指が触れる前から、そこにあるのが何なのかはわかっていた。

　ベスが結婚式に身につけたレースのショール。それは彼女とケイトの養母、ステラのショールだった。

　ケイトは首を左右に振り、渡された品を返そうとした。「受け取れないわ」

　しかし、ベスはショールを押し戻した。「ステラもきっと、あなたにこれを使ってほしいと思っているはずよ」

　それはあり得ないわ、とケイトは胸中でつぶやいた。姉さんに使ってほしい、と思っていただけよ。

　ケイトは養父母――ステラとデイヴの家で、九年間暮らした。ベスは養父母を熱愛していたが、ケイトは彼らとは折り合いが悪かった。

　ケイトはさらに抗議しようとしたが、ベスは彼女の手を握って言った。「お願い、わたしやスチューを許してくれるのなら、そのあかしとしてこれを身につけて」

こんなふうに懇願されて、ノーと言えるだろうか？

「それに」ベスは悪戯《いたずら》っぽい笑顔とともに付け加えた。「その格好じゃまずいわ。ウエイターだと思われるわよ」

ケイトは視線を下に向け、黒いパンツに白いシャツという自分の服に目をやった。「ウエイター？」

結局、彼女は姉に押し切られた。ベスが涙目になると、どうしても抵抗できない。ベスのほうが年上だが、しっかりしているのは自分のほうだ、とケイトは感じていた。

ケイトがいつも気丈に振る舞っていたのは、取り乱したベスを見たくなかったからだった。どうやら化粧室でこのドレスに着替えざるを得ないようだ。

彼女が化粧室に向かおうとすると、ベスはヘアブラシとヘアクリップを取り出し、頭皮が痛くなるほど強く引っ張り、黒髪を無理やりまとめ上げた。やがて着替えをすませたケイトは、ドレスのしわを伸ばし、鏡を覗《のぞ》き込《こ》んだ。妊娠三カ月を過ぎているため、腹部の布地が少し張り詰めている。しかし、目立つほどではない。

自分の好き嫌いで選べるのなら、絶対にこのドレスは手に取らなかっただろう。フリルが多すぎるし、〝女らしさ〟が強烈すぎる。彼女が着てもまるで似合わない。

ケイトは折り畳んだパンツとシャツに目をやった。たしかにあの格好だとウエイターに間違われるかもしれない。けれど、あれは彼女らしい服装なのだ。

このドレスだと、白雪姫の仮装に失敗した女性にしか見えない。

ベスと二人で公園を抜け、裁判所の別館から本館に向かう。

二人はウォルゼン治安判事のオフィスのすぐ前で、

ケヴィンに出くわした。

「すまない。ちょっと遅れて――」ケヴィンは言葉を失い、ケイトを凝視した。「これは驚いたな」

彼女はケヴィンをにらみつけた。「別に遅刻じゃないわ。それから、このドレスに関するコメントは、いっさい受け付けないわよ」

「とても綺麗《きれい》だ、と言おうとしただけさ」彼は身を乗り出し、ケイトの頬にキスをした。

彼女がドアノブに手を伸ばすと、ベスがそれを制した。

「まだ入っちゃだめ」

「えっ？　なぜ？」

「式の準備ができていないからよ。式が始まる前に花婿が花嫁の姿を見るのは、縁起がよくないの」ベスは少しだけドアを開け、部屋を覗き込んだ。「ジェイクとスチューはもう中にいるわ」

ケイトは言い返そうとしたが、その前にベスはドアを閉めてしまった。気がつくと、ケヴィンがこちらに視線を向けていた。

式が始まる前にジェイクに見られても何も問題はない、と姉に言ってやりたかった。これはほんとうの結婚ではないのだから、と。しかし、ケヴィンの前でそんな話をするわけにはいかない。黙っているしかなかった。

やがて、ケイトはケヴィンに尋ねた。「どうして？」

「どうして？」ケヴィンが鸚鵡返《おうむがえ》しに言う。

「なぜそんな意味ありげな顔をしているの？」

「何を言っているのかわからないな」彼はにやりと笑った。

「何か妙なことを企《たくら》んでいるのなら――」

そのとき、ベスが治安判事のオフィスのドアを開いた。すると、ケヴィンが意味ありげな顔をしていた理由が明らかになった。

ウォルゼン治安判事の部屋に来るのは四、五人だろう、とケイトは考えていた。だが、狭いオフィスにはすでに数十人が集まり、ぎゅう詰めの状態だった。デスクの向こうには治安判事、その左脇にはジエイクがいた。ジェイクは息をのむほど魅力的だった。

ジェイクのスーツ姿を目にするのは、ベスとスチューの結婚式以来だった。白いシャツのせいで、日に焼けた喉もとの色がいっそう際立っている。

しかし、何より衝撃的だったのは彼の表情だった。こちらに視線を転じたジェイクの顔に、歓喜の色が浮かんだのだ。

ケイトはときめきを抑えることができなかった。一瞬、ジェイクの顔が、恋する男性の顔のように見えたのだ。

だが、幻影は長続きしなかった。ジェイクが笑みを浮かべ、ウインクをしてみせたからだ。

ときめきはたちまち消し飛んだ。

彼にとっては何もかもがジョークなんだわ。わたしにとっては、これは単なる義務や試練以上の何かだというのに。

式には友人たちが集まってくれた。でも、わたしは……みんなを騙《だま》している。しかも、これからも騙しつづけなくてはならない。

ベスがフリルだらけのドレスと養母のショールを無理強いしてきたのが、正しいことのように思えてきた。これはこの茶番劇にうってつけの衣装だ。彼女は芝居の最中に舞台にまぎれ込んだ役者にすぎないのだ。

ケイトは無理に足を前に進めた。ジェイクのかたわらにたどり着くころには、怒りが爆発しかけていた。何もかも彼が悪いのだ。

たくさんの参列者が集まり、ブーケも用意されていた。ジェイクがこれを知らなかったはずがない。

提案しても拒否されることがわかっていたから、黙っていたのだろう。

彼はケイトの頬にくちづけをし、ささやいた。

「笑うんだ。そんなふうにぼくをにらんでいたんじゃ、これがほんものの結婚だと信じてもらえないぞ」

ジェイクは彼女の手を握った。彼の言うとおりだった。ケイトは決意を固め、花嫁にふさわしい作り笑いを浮かべた。

「いまここに、この二人が夫と妻であることを宣言する」

手に力を入れても、ケイトは握り返してこなかった。しかし、もう彼をにらみつけてはいなかった。

彼女の表情はこわばっていた。緊張しているからだ、と参列者は考えてくれるだろう。結婚式で緊張するのは当然だ。とはいえ、花婿はどうなのだろう？　ジェイクにはわからなかった。神経は朝からずっと張り詰めていた。

感情はコントロールしようとしてきた。上手く抑えられていたような気がした。プラチナの結婚指輪を彼女の指に滑り込ませたときも。

いまジェイクの胸の中にある感情は、少なくとも喜びではなかった。だが、果たすべき責任を果たしている、正しいことを行っている、という満足感はあった。

そのとき、ウォルゼン治安判事の声が聞こえた。

「では、花嫁に誓いのくちづけを」

参列者は期待のまなざしでこちらを見ている。いっぽうケイトは、必死で怒りをこらえているようだった。

しかし、彼女がどう思っていようと、キスをしないわけにはいかない。

彼はケイトのブラウンの瞳を覗き込んだ。彼女の唇はわずかに開いていた。

ケイトにキスするのは難しいことではない。結婚に同意したときから、心のどこかでこの瞬間を待ち望んでいた。いま彼は初めてケイトと唇を重ねるのだ。

もしかすると、これが最初で最後のくちづけかもしれない。

彼は決意を固めた。これが一度きりのキスなら、できるだけ楽しまなくては。そうだろう？

ケイトの肩を抱き寄せる。顎に指をあてがい、顔を上に向かせる。彼女の目はキスを求める花嫁の目ではなかった。それでも、彼はくちづけをした。

ケイトの唇は柔らかかった。彼女はキスをすんなりと受け入れてくれた。一瞬だけ唇をこわばらせ、両手を彼の胸に置いた。突き放すことは簡単だったはずだ。しかし、それを実行に移すことはなかった。

彼女の唇の感触。くちづけの味。欲望が荒々しくわき上がり、全身を駆けめぐる。体を密着させたかった。貪るようなキスがしたかった。彼女の口に舌を入れたかった。

だが、ジェイクは何とか唇を離した。こんなふうに彼女を自分のものにしたくなかった。いまケイトはキスを拒否できない状態なのだ。

心に痛みを感じながら抱擁を解く。彼の花嫁は、永遠に手に入れることができない女性なのだ。

6

「話が違うわ」裁判所近くのレストランで立食パーティが始まった四十分後、ケイトが言った。

レストランには招待客が集まっていた。彼らはシャンパンで乾杯し、二人の結婚を祝福してくれた。

ジェイクはグラスを手にしていたが、空いたほうの腕は彼女の肩にまわしていた。花婿の演技は続けねばならなかったし、ケイトを放したくなかったからだ。

「このパーティ、まさかあなたのアイデアじゃないでしょうね？」彼女は押し殺した声で言った。

ジェイクは彼女を店の奥に導いた。そこまで行けば招待客がいないので、盗み聞きをされる心配はない。しかし、彼らの視線を逃れることはできなかった。

「いや、ぼくのアイデアじゃない」彼はケイトの額にキスをした。シャンプーの匂いが鼻をくすぐる。果実を思わせる甘い香り。彼女はいつもいい匂いがする。

ケイトが肩を彼の胸にぶつけた。「そういうことはやめて」

「どういう意味だ？」

「べたべたしないでちょうだい。ばかげているわ」

「これは結婚記念パーティなんだぞ。べたべたしないほうがどうかしている」

「あなたのアイデアじゃないなら、いったい誰が言いだしたことなの？」

「きみの友だちのケヴィンさ。彼が言いだしたんだ」ちょうどそのとき、ケヴィンの姿が目に入った。

ケヴィンが笑みを見せると、彼もグラスを掲げた。

「あとでたっぷり懲らしめてやらないと」

「彼はきみのためを思ってこのパーティを企画したんだ。どうして好意を素直に受け止められないんだ？」

「わたしのためを思って？　これじゃまるで拷問よ」

「いや、そこまでひどくはないと思うが」

「ひどくないですって？　町の人口の半分がここに集まっているのよ」

「三十人じゃ人口の半分には届かないだろう。少しは楽観的に――」

「楽観的？」彼女は皮肉たっぷりの口調でジェイクの言葉を遮った。

彼はケイトの台詞《せりふ》を無視して言った。「これでぼくたちの結婚は、世間に広く知られたはずだ。重要なのはそこだろう？」

「あなたのアイデアではなかったけど、パーティが開かれることは知っていた。そういうことなのね？」

「ケヴィンは結婚の話を聞きつけると、すぐにパーティのプランを練りはじめたらしい。ぼくがこの企画を知ったのは……たしか火曜日だったな」

「それなのに止めようとしなかったの？」

「止めるのは不自然だろう？　それに、パーティを開いてまずいことでもあるのか？」

「つい口を滑らせて、わたしたちが他人同然だということが――愛し合ってすらいないことが、ばれてしまうかもしれないわ」

「そんなことは起こらない」

「どうしてそう断言できるの？」

彼は招待客を身ぶりで示した。「見てごらん。少しでも疑っているような人間がいるかい？」

ケイトはひとびとに視線を向けた。数秒後、ジェイクは彼女の顎にそっと触れた。

「疑いを招くとしたら、それはぼくらの雰囲気が新婚夫婦らしくなかった場合さ」

彼女は口を開けた。何か言い返すつもりなのだろう。だが、結局口を閉じ、ジェイクをにらみつけた。腹を立てている彼女はとても魅力的だな。彼は心の中でそうつぶやき、怒りにこわばるケイトの唇にキスした。

ケイトは抵抗しなかった。仰天して反応できなかったのだろう。彼女の唇が開く。ジェイクが舌を動かすと、彼女は完全に屈服した。

ケイトはシャンパンの味がした。

彼女はパーティの会場に着いたときに渡されたシャンパングラスを手にしていた。乾杯のたびにグラスを傾けていたが、実のところ中身はまるで減っていなかった。それでも、数滴のシャンパンが彼女の唇を濡《ぬ》らしていたのだ。

予期せぬ甘い味にジェイクは驚嘆した。

唇を離し、ケイトの顔を見つめる。

「どうしてこんなことをしたの？」

「キスのことか？」

彼女がうなずく。

「ぼくたちが夫婦だからさ。この店にいる三十人の招待客は、ぼくたちが愛し合っていると信じている。だからぼくは、きみを片時も放したくないという顔をしなくてはならないんだ」

ケイトの目に疑いの色が浮かんだ。ジェイクの言葉を信じていないようだった。それでも、最後にはうなずいてみせた。あきらめたような顔で彼のウエストに腕をまわし、混雑する店内に視線を転じる。ウエイターたちはディナーの準備を進めていた。

ジェイクは安堵《あんど》感《かん》をおぼえた。彼女がそれ以上の説明を求めなかったからだ。いまの話で納得したのだろう。しかし、彼は本心をすべて明かしたわけではなかった。

彼がケイトにキスしたのは、どうしてもキスしたかったからだ。花嫁と花婿を演じるというシナリオはまったく意識に上っていなかった。

これからの六カ月は、地獄の苦しみを味わうことになりそうだ。

ケイトはキッチンの物音で目を覚まし、驚きに打たれた。だがつぎの瞬間、この家にはジェイクがいることを思い出した。

寝返りを打ち、枕に顔をうずめる。もう一度眠ってしまいたかった。これがすべて悪夢であってくれたら、と心の中で願った。

ジェイクのプランの欠点を探しつづけたせいで、なかなか眠れなかった。しかし、何度考えても欠点は見つからなかった。彼が示したプランが唯一の解決策のようだ。今後二人は人前に出るとき、愛し合う夫婦を演じ、体を触れ合わせ、くちづけを交わさねばならない。ケイトは狭い家の別室にジェイクがいることを意識しながら、眠れぬ夜を過ごさねばならないのだ。

まぶたを開け、体を起こす。今日もコーヒー抜きの朝に耐えねばならない。できるものなら、今朝だけはカフェインを摂取したかった。

パジャマ姿はジェイクに見られたくなかった。こんな姿をさらすのは、無防備すぎるような気がする。

カジュアルなパンツと長袖のシャツを身につけ、バスルームに向かう。乱れた髪を大まかにまとめ、歯を磨く。

キッチンに行くと、ジェイクの姿が目に入った。裸足《はだし》だった。ジーンズに黒いTシャツという姿でスクランブルエッグを作っている。大量の卵を使っているようだった。

彼女が咳払《せきばら》いをすると、ジェイクは振り返った。

「おはよう、ケイティ」

〝ケイティ〟と呼ばれるのは好きではなかったが、とりあえずそれは置いておくことにした。「どんな本を読んで勉強したのかは知らないけど、妊婦は朝食に二ダースも卵を食べないわよ」

「それを聞いて安心したよ。きみのためだけに作ったわけじゃないんだ。仲間たちが来るから、朝食用にタコスの準備をしているのさ」彼はフライ返しでオーブンを示した。「第一陣はあの中だ。好きなだけ取るといい」

「朝食にタコス？」ケイトはうっとりとした口調で言った。スクランブルエッグとベーコンと溶けたチーズをトルティーヤで包んで食べる。これほど美味《おい》しいものはない。

「そうだ。カフェインレスのコーヒーも用意しておいた」

　彼女はオーブンからタコスを二つ取り出した。

「カフェインレスのコーヒーなんて、あなたは飲まないはずよ」

「ああ、飲まない。いつもはエスプレッソだ。だが、きみがカフェインを断っていることは、ベスから聞いている。きみに我慢できるのなら、ぼくにもできるはずだからな」

「やめる必要もないのにコーヒーをやめるだなんて、あなたはどうかしてるわ」ケイトはタコスを皿に置き、熱を帯びたアルミホイルを剥がしはじめた。

「食材はどこから持ってきたの？　うちの冷蔵庫には、こんなにたくさん卵はないはずよ」

「朝のうちに近所の店で買った」

　彼女は時計に目をやった。「まだ八時半よ。何時に起きたの？」

「きみが用意してくれたエアーベッドは、ぼくには少しばかり小さすぎたんだ」

「ごめんなさい。来客用のちゃんとしたベッドがなかったのよ。でも、これであなたのベッドや家具を、うちの客用寝室に運び入れる口実ができたわね」

結婚前にベッドを搬入する暇がなかったため、ジェイクの寝床はソファかエアーベッドかの二択になってしまったのだ。

「ところで、〝仲間たち〟って誰？」

「消防署の同僚だ」ジェイクは調理ずみのソーセージとポテトのボウルに、スクランブルエッグを入れた。

「つまり――」彼女はスプーンでタコスにサルサソースをかけた。「――あなたの〝仲間たち〟は、毎週土曜日に朝食を食べにここに来るということ？」

「そんなことはない」

「それを聞いて安心したわ」

タコスを食べているうちに、ケイトは不意に気づいた。わたしはジェイクのことをろくに知らない。わかっているのは、放火事件の捜査を担当していること、十代のころからスチューの親友だったこと、そして舌がとろけるようなタコスが作れることくらいだ。

それなのに、わたしは向こう半年間彼と同居する。どうしてこんなことになってしまったの？

椅子の向きを変え、料理を続けるジェイクに視線を転じる。

ああ、わたしはこのひとに甘やかされてしまいそう。

朝食のタコス。淹《い》れたてのコーヒー。ジェイクは女心をつかむ方法を熟知しているのだ。

「家具の搬入は仲間たちが手伝ってくれる。その代わりにぼくが食事を用意する、というわけさ」ボウルの中身をかきまわしながら、彼はケイトに目をやった。「ところで、どうしてそんな格好をしているんだ？」

彼女は自分のパンツとシャツを見下ろした。「これのどこがおかしいの？」

彼は当惑の表情で、あらためてケイトの全身に視線を走らせた。「いや、別に何でもない」

「何かまずいことでも？」

ジェイクは肩をすくめ、トルティーヤに具を挟みはじめた。「土曜の朝にしてはフォーマルすぎないか？」

「そんなことないでしょう。そう思っていたら、こんな服は着なかったわ。でも、あなたの格好に比べたらフォーマルすぎるかも」

彼はにやりと笑った。「今日は引っ越しの当日なんだぞ。ジーンズにTシャツこそが正しい服装だ」

「そうね。でも、わたしはジーンズは持っていないのよ」

「ジーンズがない？」

「ええ、ないわ」

「こんな奇《き》天《て》烈《れつ》な話を聞いたのは初めてだ。どうしてないんだ？　たぶんきみは、ジーンズを持っていないアメリカで唯一の人間だぞ」

「この体型だとジーンズが似合わないのよ」

ジェイクは大声で笑いだした。「ばかなことを言わないでくれ」

「でも……」

彼の笑いがやまなかったため、ケイトは思わず黙り込んだ。

「ヒップが大きすぎるとか、どうせそんな話なんだろう？」ケイトが答えなかったため、ジェイクは真顔になり、彼女をじっと見つめた。「それが理由なのか？　ジーンズだとヒップが大きく見えてしまう、と？」

「そんな質問には答えたくないわ」

「答える必要はないさ。ただ、きみのコンプレックスの解消のために、これだけは言わせてくれ、ケイティ——きみのヒップは大きすぎない」

ケイトの心は乱れた。しかし、理由がわからなかった。ケイティと呼ばれたせいなのか。それとも、彼のまなざしを浴びると胸が苦しくなるからなのか。

「わたしのヒップは別に大きくないわ。公衆衛生局のデータによると、妊娠前のわたしの体重はこの身長と年齢の女性としては平均値よ」

彼はうなずき、笑みを浮かべた。「その意見にぼくは賛成だし、公衆衛生局も異論はないと思う。とにかく、きみは服装を何とかするべきだ」

「これはそういう話だったの？　とにかくわたしはジーンズを持っていないから、どうすることもできないわよ」

「そうだな、ジーンズに関してはきみの言うとおり。だが、やはりきみの服には問題がある」

「今度はわたしの服装のセンスの話？　つぎはいったい何を否定するつもりなの？　衛生観念？　政治思想？」

「きみの服装のセンスにけちを付けるつもりはない」

ジェイクはキッチンを横切り、彼女の前で足を止めた。

見下ろされるのが気に入らず、ケイトも立ち上がった。しかし、そのせいで二人の距離がさらに縮まった。

「ぼくたちが二人きりで朝を過ごすのなら、その格好でもかまわない。だが……」

「何なの？」彼女は眉を上げた。

「もうすぐ消防署の仲間が来る」

「わたしはいつもこういう格好で法廷に出ているのよ。あなたの友だちに会うときも、これで問題はないと思うけど」

彼は難しいパズルを解くときのように、後頭部を掻《か》いた。「そう、まさにそこが問題の核心なんだ。それは法廷に出るときの服装だ」

「どうしてそれが問題だと……」

「きみは、〝いまベッドから出てきました〟という格好をしているべきなんだ」

一瞬、ケイトの心臓は止まりかけた。大きく息を吸ったが、動揺は収まらなかった。

何か言おうとしたが、言葉が出てこない。「わたしは……」

「結婚式の翌朝は、花嫁はもっと満ち足りた顔をしていると思うんだ」

「それは」彼女は頬が赤くなるのを感じた。「ええと……」

自分がもっと頭の回転が速いタイプだったら、と思うときがある。いまがまさにそうだった。

何か気の利いた台詞を口にし、すぐにやり返せる女性も世の中にはいる。だが、ケイトは口をあんぐりと開け、黙り込むばかりだった。

「まずはここからだな」ジェイクは手を伸ばし、彼女の髪をまとめていたヘアクリップを取った。

髪がうなじに流れ落ちると、ジェイクはヘアクリップをテーブルに置いた。

「たしかに、ベッドから這《は》い出《だ》したばかりに見えるかもね」彼女は腹立ちまぎれに言った。

彼はにやりと笑った。「見えるとも」

ケイトはいっぽうの手で髪を整え、もういっぽうでヘアクリップを握った。しかし、髪をまとめ直そうとすると、ジェイクが彼女の手首をつかんだ。

「ぼくにまかせてくれ」

〝まかせる〟ですって？

ケイトがそれを言葉にするよりも早く、ジェイクは彼女の髪を頭の左側に流した。

やめさせるのよ！ 彼女はみずからに命じた。しかし、体が動かなかった。ジェイクの指の感触は心地よかった。思わずまぶたを閉じる。

「きみの髪は綺麗《きれい》だ。肩に垂らしたほうがいいと思う」

「湿度が高いと縮れるから、いやなのよ。手に負えない感じがして」

「ワイルドに見えてしまう、と？」

愛撫《あいぶ》するような口調だった。官能的で少し荒っぽい。体から力が抜けてしまい、ケイトは弱々しい声で言った。

「そうね」

「そんなふうに見られるのがいやなんだな」

「ええ」

「だが、ワイルドなのは悪いことじゃない」

まさにジェイクがそのタイプだった。彼はいつもワイルドで自由奔放だった。

髪はワイルドかもしれないけど、わたし自身はちっともワイルドじゃないわ。

ケイトはまぶたを閉じなかった。彼の目から視線を逸《そ》らさないまま、わき上がる切ない思いをねじ伏せようとした。

ジェイクのまなざしは熱かった。相手の存在を強く意識しているのは、彼女だけではないのだ。だが、ジェイクを求めてはならない。欲望に屈したなら、事態は彼女の手に負えないものになる。

ケイトは椅子から立ち上がり、彼から距離を取ろうとした。つかんでいた彼女の髪を、ジェイクが放す。しかし、彼の手は下に移動し、ケイトのシャツのボタンに触れた。

「このシャツも問題だな」彼の声は低く、荒々しかった。彼女の神経はさらに張り詰めた。

「そうなの？」

「そうさ」ジェイクの指が第一ボタンを、そしてつぎのボタンを外す。指の関節が喉もとの敏感な肌に触れ、熱い衝撃が背中を駆け下りる。

ケイトの体がジェイクに向かって傾く。自分自身をコントロールできなかった。このままボタンを外しつづけて、と彼女は願った。いまこの場でシャツを引き剥がしてほしい、と。

彼の表情を確かめたかった。だが、ジェイクはボタンを外すことだけに集中していた。

やがて前が開くと、彼は胸のふくらみのすぐ下でシャツの左右の裾をゆるく結んだ。ケイトの頭は朦《もう》朧《ろう》としていた。体に力が入らなかった。シャツのボタンを外されてしまった。彼女は無防備な状態に追い込まれたのだ。

彼は後ずさりし、距離を置いてケイトの姿を見つめた。彼女が両手で体を隠そうとすると、ジェイクは彼女の手首をつかんだ。

「だめだ」

「お腹《なか》が大きくなったから――」

「隠さないでくれ」ジェイクは彼女と目を合わせた。

「いまのきみはとても……すてきだ」

そのとき、ドアベルが鳴り、二人は同時に玄関に視線を向けた。

このタイミングで邪魔が入るとは思っていなかった。その瞬間、ケイトは気づいた。ジェイクにとってこれは、たわいもない戯れにすぎないということに。彼女をからかってみただけなのだ。

彼が玄関に向かうと、ケイトはヘアクリップを手に取り、大急ぎで髪を後ろでまとめた。だが、時間が足りなかった。シャツのボタンをすべて留める前に、ジェイクの友人たちがキッチンに現れたのだ。

シャツを慌てて着直すところを見られてしまったようだ。騒がしかった男性たちの声が小さくなり、あたりに沈黙が垂れこめる。

ケイトは頬がかっと熱くなるのを感じた。恥ずかしさと同時に怒りが込み上げてきた。ジェイクに弄ばれたことが腹立たしかった。しかし、それ以上に自分に腹が立った。こんなにも簡単に彼の魅力に屈してしまうとは。

もっと慎重に振る舞うべきだった。

それくらい最初からわかっていたはずだ。ジェイクがこの家に移り住んでから、まだ一日もたっていない。それなのに、彼女はあっけなく溶け崩れてしまった。タコスを勧められたとき、これなら彼と上手《うま》くやっていける、と思い込んでしまったのだ。

ジェイクの友人たちがタコスを皿にのせ、コーヒーをカップに注ぎ、自己紹介を始めると、彼女の決意は固まった。

体がジェイクに反応してしまうのは仕方がない。けれど、感情をかき乱されるのはまずい。彼の魅力にはもっとしっかり抵抗しなくては。カフェインレスのコーヒーも、あつあつの朝食も、親密な触れ合いも断念するべきだ。こんなふうに彼と〝上手くやっていく〟べきではないのだ。

ジェイクの友人たちは礼儀正しく、家に足を踏み入れたときに目にした光景については、あえて触れようとはしなかった。だが、意味ありげなまなざしや笑みが、すべてを物語っていた。彼らはジェイクが意図していたとおりのことを考えているのだ。

彼女とジェイクは伝統的な新婚初夜を過ごした。情熱的な愛を交わしたようだ、と。

7

結婚式から一カ月が過ぎたが、ケイトはあいかわらず心を開こうとしなかった。

夜は遅くまで仕事に打ち込み、毎日のようにジムに通っては妊婦向けのエクササイズやヨガのクラスに出席した。家に戻ったあとも、〝休憩する〟と言って自分の部屋に閉じこもったままだった。

どんなかたちであれケイトの力になれれば、彼もこの状況に耐えられたはずだ。しかし、彼女はそれすら許してくれなかった。

きみの服を洗濯しようと申し出ても、拒否された。夕食を作ると言っても、冷凍食品を電子レンジで解凍するからいい、と断られた。カフェインレスのコーヒーを毎朝用意しても、彼女はコーヒーポットの前を素通りし、〈スターバックス〉に向かった。

いまにして思えば、初日の朝は明らかに勇み足だった。なぜあんなまねをしたのかは、自分でもわからなかった。あまりにお堅いケイトの服装を目にしたとたん、それを乱してやりたいという衝動に駆られたのだ。向こう半年間、彼女はずっとこんなフォーマルな格好をしているのか。そう考えたとたん、反発をおぼえたのかもしれない。

いずれにせよ、これ以上何をしたらいいのかわからなかった。

木曜日に夜勤を終えたあと、彼は家ではなくベストスチューの店に向かった。二人にアドバイスを求めるつもりだった。

「ひさしぶりだな」店の調理場でベジタリアン向けのハンバーガーのパティを焼きながら、スチューは言った。

「ハンバーガーを作っていると知っていたら、もう少し早くここに来たんだがな」

　スチューは笑った。「ひとつ食べてみるか？　ただし、ひとつだけだぞ」

　そのとき、バンズを運んできたベスが、いつものように穏やかな表情で挨拶をしてきた。ジェイクは彼女の衣服に注意を向けた。ケイトより一カ月早く妊娠したベスが身につけていたのは、丈の長いマタニティドレスだった。腹部のふくらみははっきり見て取れる。ところがケイトは、いまだに服装で妊娠を隠そうとしている。

　ベスはバンズをグリルの脇に置くと、ジェイクに目をやった。「ケイトは元気？」

「うん、元気だと思う。ただ、彼女はいつも……」

　言葉が上手《うま》く出てこない。

「扱いが難しい？」ベスが言った。

「自分の殻に閉じこもっている？」スチューが尋ねる。

「〝ひとの助けを借りたがらない〟と言いたかったんだが」

　ベスはうなずいた。「そうね、あの子はそういう子だわ。いつも自分のやり方で問題を解決するの」

「彼女のために何かしてあげたいんだが、すべて拒否されてしまう。それでストレスが溜まっているんだ」

　スチューが声をあげて笑った。

「何を笑っているんだ？」ジェイクは親友に視線を向けた。

「それはつらいだろうな」

「どういう意味だ？」

「きみはひとを救えないと不安なのさ。ヒーローになりたいんだ」

「ひとを救えないと不安？　そんなことはない。まるでばかげている」

スチューはグリルのパティをフライ返しで皿のバンズにのせた。「いや、きみはひとを救わずにはいられない男だ。だから消防士になったんだ。ケイトと結婚したのも同じ理由だよ。つまり――」

「ぼくがケイトと結婚したのは、それが正しい選択だったからだ。彼女は夫を必要としていたし、妊娠中に面倒を見てくれる人間が不可欠だった」

「そのとおり。そしてきみが彼女の面倒を見ようとするのは、ひとを救いたいからだ。それは決して悪いことじゃない」

「そう考えると、あなたがいろいろ問題を抱え込むのも当然ね」ベスが言った。「ケイトは誰かに助けてもらう必要がない子だもの。子供のころからそうだった。あの子は他人を必要としない子なのよ」

やはりそこが問題の核心だな、とジェイクは家に向かう車の中で思った。ケイトは他人の助けを――ぼくの助けを必要としないんだ。

スチューの言うとおりかもしれない。ぼくはヒーローになりたいんだろう。だから、ケイトに必要とされていないという事実が、受け入れられないんだ。

彼はケイトに心をかき乱されていた。彼女は美しい女性だ。しかも、彼はそんなケイトとひとつ屋根の下で暮らしている。欲望を刺激されて当然だ。

だが、これは単なる肉体的な欲望ではない。ジェイクはいつも彼女のことを考えていた。職場に電話したい、体調に問題がないことを確かめたい、という衝動と闘っていたのだ。

ケイトに対する思いは日増しに深まっていた。

そしていま、ジェイクはようやく現状を理解するヒントを手に入れた。スチューの言うとおりだ、と彼は思った。ぼくはヒーローになりたいんだ。

ぼくはケイトを救うために結婚をした。けれど、彼女はぼくに頼るつもりがない。いまぼくがなすべきことはひとつ。彼女にぼくの助けを受け入れさせることだ。

　足音を忍ばせて家に入ったときには、午後十一時をすぎていた。ケイトはもうベッドに入っていると思っていた。ところが、彼女はソファに横になっていた。テレビはつけっぱなしだ。

テレビを見ているうちに寝入ってしまったのだろう。ブランケットを掛けてやろうとしたとき、ケイトは目を覚ました。

「帰ってきたのね」彼女はまぶたをこすり、体を起こした。眠たげな顔をしている。身につけているのは、テントウムシの絵柄が散ったぶかぶかのパジャマだった。ケイトはいつも寝室に入ったあとで着替えるため、彼女のパジャマ姿を目にするのは初めてだった。

　そういえば、式の翌朝を別にすれば、彼女の素足も見たことがなかった。視線をそちらに向ける。たしかに裸足《はだし》だった。華奢《きゃしゃ》な足で、爪は紅《あか》いペディキュアで飾られている。

　ケイトが足に赤いペディキュアを塗っているとは、思ってもいなかった。

「別に帰りなんて待つ必要はないぞ」

「あなたを待っていたわけじゃないわ。わたしはただ――」彼女はテレビの画面に目をやった。「いま、何時なの？」

「もうすぐ十一時半」

「もうそんな時間なの？」

　彼女は責めているわけではないようだったが、それでもジェイクは言い訳めいた口調で言った。「電話はしたんだが」

「ええ、そうね。でも、いちいち連絡する必要はないわ。帰るのが何時だろうと、それはあなたの勝手だから」

　ケイトはそれだけ言うと、ソファから立ち上がった。廊下に向かう彼女の姿を見たとたん、ジェイクは気づいた。彼女はひどく疲れているのだ。

「ぼくを待っていたんじゃないのなら、どうしてソファで寝ていたんだ？」

ケイトは立ち止まり、振り返ると、ドアフレームに体をもたせかけた。「不眠症なのよ」

防御を固めるかのように、彼女は腕組みをしていた。かわいいな、とジェイクは思った。テントウムシの柄のパジャマを着て素足で立つ彼女は、ひどく頼りなげに見えた。そんな姿が彼の心を揺さぶった。

「不眠症？」ケイトから何とか言葉を引き出そうと、彼は尋ねた。

「ときどきそういう時期が来るの。これまでは上手く対処してきたんだけど」

「ソファで横になると、多少は眠れるようになるのか？」疑わしげな口調で訊《き》く。

「少しはね。仰向けで寝ないように、とお医者さんに言われているの。仰向けになると、胎盤の血行が悪くなるらしいのよ。だから、一度は寝入っても、寝返りを打つたびに目を覚ましてしまう。仰向けになるのが怖いから。とりあえずソファなら、寝返りを打つスペースがないでしょう？　でも、寝心地はよくないから、なかなか眠れないのよ。寝る前にリラックスする方法はたくさんあるけど、そのうちの大半は妊娠しているとできないことだし」

「ワインを一杯飲むとか？」

ケイトは微笑《ほほえ》んだ。「熱いお風呂に入ろう、とも考えたわ。それで眠れることもあるから。でも、体温を三十九度以上にするのもまずいの。だから、お風呂もだめなのよ」

浴槽に入る彼女の姿が脳裏に浮かんだ。泡まみれの裸身、高く結い上げた髪、キャンドルの明かりにきらめく濡《ぬ》れた肌。

ジェイクはそんなイメージを頭から振り払い、咳《せき》払《ばら》いをした。いまはそんな妄想を思い描いている場合ではない。欲望が募るだけだ。

最近は彼がそばにいても、ケイトは緊張の色を見せなくなった。この状況を台無しにしたくなかった。適切に対応しなくてはならない。彼女の力にならなくては。

「妊娠第二期《セカンド・トライメスター》に入ったんだな？」

「そうよ。四カ月半ね」

「エネルギーがあふれる時期なんだろう？　急に掃除を始めるとか？」

「そうみたい」

「スチューが言っていたよ。最近のベスを相手にしていると頭がどうにかなりそうだ、と。家中のクローゼットを整理しはじめたり、スチューに家具や壁の塗り替えを頼んだりしているらしい」

「先週ベスは、養母にもらった品の仕分けをしたい、というメールを送ってきたわ。たぶんそれも、そういう衝動の表れなんでしょうね」

「きみも同じかもしれないぞ。最近はやたらと動きまわっているじゃないか」

「そうね。でも、わたしの場合は家を片付けたり、ペンキを塗り直したりしても意味はないわ。子供を育てるわけじゃないんだから」

ケイトの口調が悲しげだったため、ジェイクはつい訊いてしまった。「後悔しているのか？」

「後悔？」

「赤ん坊は手放したくない？」

「違うわ」彼女は首を左右に振ると、少し強すぎる口調で言った。「そういうことじゃないの。こういうことは、たぶんあなたには……」

「ぼくがどうだと言うんだ？」

「あなたはこの子を手もとに置きたい、と考えているの？」

「いや、それはない」だが、一度も考えなかったわけではない。子供のいる人生を思い描いてみたこともあった。しかし、自分のような男がよき父親になれるはずがないのだ。彼はケイトに尋ねた。「きみは、ほんとうに後悔していないと――」

「してないわ」

「それならいい」

「少し考えてたみたほうがいい、とベスとスチューにも言われたわ。でも、それはわたしにとってはあり得ない選択肢だから」

「ぼくがその選択肢を捨てたのには理由がある。シングルファザーだった父の苦労を、この目で見てきたからなんだ。だが、きみはどうなんだ？　どうしてそこまで頑《かたく》なになるんだ？」

「母親に向いている女性もいれば、そうじゃない女性もいる。それだけの話よ」

「自分は母親に向いていない、と考えているのか？」ケイトの声には力がこもりすぎているような気がした。彼女は誰を納得させようとしているんだ？　ぼくか？　それとも、自分自身か？

「向いてるようには見えないでしょう？」彼女は返事も待たずに話題を戻した。「わたしは一日中法廷に座っているから、あまりエネルギーを使わないのよ。だから、いろいろなものを整理して――」

ジェイクが笑いだしたため、彼女の言葉はいったん途切れた。

「何がおかしいの？」

彼はリビングを身ぶりで示した。しっかりふくらませたクッション、きちんと並べられた雑誌、バスケットに収められたテレビのリモコン。「何を整理するというんだ？　アルファベット順のＤＶＤをジャンル別に並べ替えるのか？　マントルピースのキャンドルの順番を、色じゃなく高さを基準に揃《そろ》えるのか？」

ケイトは肩をすくめ、こちらに近づいてきた。

「それなら現場の消防士だったころ、あなたはどうやってリラックスしていたの？　酔っ払ったり、バブルバスに入ったりする以外に？」

「消防士はバブルバスに浸《つ》かったりしない」

「それは残念な話だわ。あなたたちタフガイは、人生の喜びを知らないのね」

　裸でバブルバスに身を浸すケイト？　ああ、それはたしかに人生の喜びかもしれない。

　彼女の裸身を想像するだけで、心臓が喉もとまで迫《せ》り上《あ》がってくる。「それは……」

　ケイトは笑いだした。「あなたを困らせちゃったみたいね」

「いや、別に――」

「だってあなた――」彼女はジェイクの顔を示した。「赤くなっているわよ」

　赤くなっている？

　まずいことになった。顔が赤くなった理由はとても説明できない。

「つまり、その……」

「いいのよ」ケイトは笑った。「タフな放火調査官がお風呂の話で顔を赤らめるだなんて、とっても面白いわ。ひょっとして、バブルバスを試したことがあるんじゃないの？」

「そんなことはない」

「いいえ、きっとそうよ」

「違う。ぼくの言うことを信じてくれ」

「まあ、信じてもいいけど」彼女は悪戯《いたずら》っぽい目でジェイクを見た。「でも、嘘《うそ》だったとしても心配はいらないわよ。秘密は守るから」

　彼は言い返そうとしたが、すぐに口を閉じた。反論するということは、顔を赤らめた理由を明かすということなのだ。

「それで、タフな消防士さんは、バブルバス以外でどうやってリラックスしているのかしら？」

実のところ緊張をほぐす最良の方法は、セックスだった。ベッドで情熱に満ちた二時間を過ごせば、ストレスなど吹き飛んでしまう。

だが、いつもその手が使えるわけではない。第二の選択肢は仲間と酒場に繰り出すことだ。三番目の選択肢は考えたこともなかった。いまのいままで。

ここは何かアイデアを出さなくては。ジェイクは必死で考えをめぐらせた。

「エクササイズはどうだ？」

「わたしは週に五回、ジムに通っているのよ」

「それでも効果はないのか？」

「おかげで寝つきは悪くないわ。でも、二時間くらいで目が覚めてしまって、そのあとは眠れないの。だから、このソファで横になることが多いのよ」

「テレビをつけたままで？」

「たいていはそうね」

「まるで気がつかなかったな」

「あなたを起こさないように注意していたのよ。それに、あなたは寝つきがすごくいいみたいだし」

「マットレスのおかげだな。あれを使えば誰でも熟睡できる。空気を入れるタイプで、とても――」そのとき、子供のころに学んだ眠れない夜の対処法が脳裏に甦《よみがえ》った。「思い出した」

「何を思い出したの？」

「眠るための方法さ」彼はケイトの手を握り、キッチンに導いた。

「何なの？　何か食べさせるつもり？」

「ホットミルクだ」

「ホットミルク？」彼女は顔をしかめた。「勘弁してちょうだい」

ジェイクは椅子を引き、座るように促した。「試してみたことは？」

「ないわ」

「ぼくを信じてくれ。きっと気に入るはずさ」

「そうかしら」

彼はキャビネットからソースパンを、冷蔵庫からミルクを取り出した。「母はホットミルクの効果を心から信じていた。ぼくが子供のころ、よく作ってくれたんだ」カップ一杯のミルクをソースパンに流し込み、ガスレンジの火を付ける。

数分後、ミルクが沸騰すると、ジェイクはソースパンを持ち上げ、中身をマグに注ぎ込んだ。テーブルにマグを置いたが、ケイトはその場で飲もうとしなかった。カップを手にリビングに戻り、ソファに腰を下ろす。彼女はためらいがちにホットミルクを飲み、うなずいた。「美味《おい》しい」

ケイトは真剣なまなざしを彼に向けた。

「お母さんがいなくなったのは、あなたが何歳のとき？」

ジェイクは驚き、彼女を見返した。「どうしてそんなことを訊くんだ？」

「お母さんがいなくなったから、お父さんは一人であなたを育てることになったのよね？　お父さんが普通の男性になったことをお母さんは決して許さなかった、とあなたは言っていた。つまり、ご両親の結婚は不幸な結末を迎えた、ということだわ。そして今度は、子供のころにお母さんがホットミルクを作ってくれた、という話をしてくれた。つまり、お母さんはあなたが小さなころにいなくなった、ということでしょう？　それはかなりつらい体験だったと思うんだけど」

「何を根拠に、ぼくがつらい体験をしたはずだ、と断定しているんだ？」

「わたしは法廷で四年も仕事をしてきたのよ。危険なサインは読み取れるわ」

「危険なサイン？」

「結婚が破綻しているサイン。夫婦の関係が冷え切っているサイン。子供たちが両親に失望しているサイン。人生に希望を失っているサイン。この仕事を続けていると、口調や表情からもそれが読み取れるようになるのよ」

ケイトは悲しげだった。そこには憐憫《れんびん》の色も含まれているようだった。

ジェイクは身を乗り出し、彼女の視線を受け止めた。「ぼくは子供じゃない。同情はやめてくれ」

彼の口調の鋭さに驚いたのか、ケイトは目をしばたたいた。しかし、彼女は引き下がらなかった。視線も逸《そ》らさなかった。「あなたが子供じゃないことくらいわかっているわ。でも、あなたもわたしも、子供のころの失望から立ち直れていない。そうでしょう？　こういう失望を味わうと、親に捨てられたような心の傷を負うものだわ」

彼女はジェイクの少年時代の気持ちを、いとも簡単に要約してしまったのだ。彼は怒りをおぼえた。立ち上がり、暖炉に近づく。「勝手に精神分析をするのはやめてくれ」

「そういうつもりじゃないわ。わたしはただ――」

「母親に捨てられた、とはぼくは思っていない。母は母の人生を生きただけだ」

「夫と子供を捨てることが、自分の人生を生きることなの？」

ケイトの話は論理的だった。筋が通っていた。だからこそ腹が立った。

「父のせいで母は惨めな人生を送ることになった。母を責める気にはなれないな。母はヒーローと結婚したつもりだったが、父は普通の男だったんだ」

「お父さんは仕事で怪我《けが》をした、と言っていたわよね？　お母さんが出ていったのは、それが理由なの？」

「父の怪我は、本人にとっても母にとっても乗り越えられない壁だった。父は酒に溺れ、ふさぎ込むようになったんだ」

「つまりあなたのお母さんは、あなたを捨てただけじゃなく、心と体に傷を負ったお父さんをあなたに押し付けたのね。それはほとんど犯罪行為だわ」

「他に選択の余地がなかったんだ」

「ええ、そうでしょうとも」ケイトの口調は皮肉に満ちていた。

　ジェイクの声は、自分で思っていた以上に荒々しく響いた。「こんな話はもうやめてくれ。ぼくの家族が法廷で裁かれているわけじゃないんだ」

　ケイトがたじろぐと、彼は罪悪感に襲われた。彼女は動揺を隠し、ホットミルクを飲み干した。その瞳には、つらそうな光がたたえられていた。

「あなたの言うとおりだわ。わたしは感情にまかせて、勝手なことを口走ってしまったようね」ケイトはマグを手に立ち上がった。「ホットミルクをありがとう。おかげで眠くなってきたわ」

「ケイト、ぼくが言いたかったのは……」

　彼女はリビングの出口で足を止め、振り返った。

「おやすみなさい、ジェイク」

　そしてケイトが姿を消し、ジェイクはリビングに取り残された。一人きりになった。

8

ジェイクには嘘《うそ》をついてしまった。ちっとも眠くはなかった。ホットミルクは何の効き目もなかったのだ。ケイトはベッドに身を横たえたまま、何時間も窓の外を見ていた。どこから話がおかしくなったのだろう？

二人の会話は弾んでいたはずだ……彼女が余計なことに鼻を突っ込むまでは。

「あなたは傷ついた子供みたいだったわよ、ジェイク」彼女は泣きそうな声でつぶやいた。「どうして最後まで話を聞かせてくれなかったの？」

寝返りを打つ。わたしは何さまなの？　セラピスト？

ケイトはため息をつき、迫《せ》り出《だ》した腹部を撫《な》でた。おせっかいなまねをするつもりはなかった。禁じられた領域に足を踏み入れるつもりはなかったのだ。わたしは何がしたかったの？　彼の心の傷を少しでも癒やしてあげたかった？

ケイトは罪悪感をおぼえたが、ジェイクの母親に対する怒りも禁じ得なかった。親として最悪だ。無責任であるばかりか、道徳にも反している。子供への愛情こそが、何よりも優先されるべきだというのに。

彼女と姉を捨てた実の母親。テキサス州の欠点だらけの里親制度。ベスだけに愛情を注いだ養母。いまではケイトは、そういったものに怒りをおぼえてもかまわないのだ、と考えるようになっていた。とはいえ、養母との関係は改善された。それほど親密ではなかったが、少しは話すようになっていた。

しかし、彼女が自分の過去と折り合いを付けたからといって、同じことをジェイクに強いるのは間違いだ。彼が反発するのも当然だろう。やはりジェイクとは距離を取ったほうがいいのだ。

　ケイトは胎内で育つ子供のことを考えた。自分が〝末永くしあわせに暮らしました〟という結末を迎える人間ではないことはわかっていた。そのことは愛のない実母、お役所的な里親制度、過去に付き合った男性たちを通じて学んでいた。男性たちは自立を重んじる彼女の生き方に当惑し、彼女の強固な意志を面倒なものとして捉えていた。おそらくジェイクも同じような目で彼女を見ているはずだ。

　ずっと前に学んだはずよ、とケイトは自分に言い聞かせた。自分の足で立たなくてはだめ。誰にも頼ってはならない。そんなことをしても傷つくだけなんだから。

　とにかくジェイクとは距離を置かなくては。二人のあいだに結ばれた絆《きずな》を、これ以上強いものにしてはならないのだ。

　夜が明けるころには、ケイトは疲れ果てていた。睡眠不足、緊張、そして妊娠。心も体もすり切れそうだった。だが、これ以上ベッドでぐずぐずしているわけにはいかない。六時に起き、服を身につけ、朝食を摂《と》ることにした。

　しかし、キッチンの入口で彼女は凍りついた。ジェイクがキッチンテーブルで、コーヒーを片手に新聞を読んでいたのだ。皿には食べかけのクロワッサンがのっている。

　衝突を繰り返すのがいやだったので、足音を忍ばせて引き返そうとした。だが、ジェイクは顔を上げ、彼女に視線を向けた。

「早起きだな」

「あなただってそうよ」夜遅くにあんなことがあっただけに、彼はまだベッドにいると思っていたのだ。

「不眠症だからきみは早く起きるだろう、と考えていたんだ」ジェイクはテーブルの中央の紙袋を身ぶりで示した。「全粒のバナナ・ナッツマフィンだ。きみはいつもこれを買っている、とベーカリーのジゼルが言っていた」

思いもよらぬジェイクの気配りに胸が熱くなった。昨日の夜、ケイトは彼のプライベートな領域に乱暴に足を踏み入れた。にもかかわらず、ジェイクは彼女の朝食まで考えてくれたのだ。

彼を頼ってはならない、と心に誓ったはずだ。しかし、彼の休戦の申し出は拒絶できなかった。彼女は椅子を引いた。

端を破って紙袋を広げ、即席の皿を作る。驚いたことに、紙袋の中には全粒バナナ・ナッツマフィンだけでなく、チョコレート・ラズベリー・クロワッサンもあった。

ジェイクは立ち上がり、彼女のためにミルクを用意した。「今朝のきみが何を食べたい気分なのかは、さすがにわからなかった」そう言いながら皿も手渡す。

目の前のパンを凝視しているうちに、決心がぐらついてきた。全粒バナナ・ナッツマフィンは適切な選択だった。彼女にも赤ん坊にもうってつけのヘルシーな品だ。

だが、彼女の心と体が欲しがっているのは、チョコレート・ラズベリー・クロワッサンだった。栄養のバランスは偏っているうえに、カロリーが高く、脂肪分も多すぎる。けれど、見ているだけでよだれが垂れそうになる。

ケイトは昔から心の中でこんな闘いを繰り広げてきた。それは正しいものを選ぶのか、欲しいものを選ぶのか、という闘いだった。

結局、ケイトはいつもと同じ判断を下した。正しいものを選んだのだ。彼女のために正しい判断を下せるのは彼女だけだ。しかも、いまは自分のことだけではなく、お腹《なか》の子供のことも考えなければならないのだ。

マフィンを皿に置き、クロワッサンは裂いた紙袋でていねいに包み込む。

マフィンの端をちぎり、口に入れる。ジェイクが笑顔でこちらを見ていた。

「何なの？」

「マフィンを選ぶと思っていたよ」

「チョコレートにはカフェインが含まれているのよ」

「それでも、カフェインレスのコーヒーよりは少ないはずだ」

「いずれにせよ、マフィンのほうが体にいいわ。全粒だし、ナッツとバナナからたんぱく質が得られるし。お腹の赤ちゃんは栄養を必要としているのよ」

「なるほど」彼はうなずいた。「何か文句でもあるの？」

「まったくない。きみの話は筋が通っている。きみは代理母の役割を真剣に考えているんだな」

「もちろんよ。責任重大だもの」

「きみはあらゆることを完璧にこなそうとしている」

「何だかそれが悪いことみたいな口ぶりね。でも、引き受けた以上は完璧にやり遂げるしかないわ」

「ああ、そうだな。しかし……」

「しかし？」

ジェイクは自分の皿からクロワッサンを手に取った。「たまには自分自身を甘やかしてもいいんじゃないのか？」

ケイトはクロワッサンを食べるジェイクを見つめた。味は簡単に想像できた。チョコレートの甘さ、ラズベリーの酸味、クロワッサンのさくさくとした食感。

それに比べるとマフィンは味気なく、ぼそぼそしていた。味わいにはコントラストも深みもない。背徳感もない。

不意に悲しみが押し寄せてきた。バナナ・ナッツマフィンはお気に入りのパンだったはずだ。何年も前から、何の不満もなく朝のテーブルで食べてきたのだ。

この先、このマフィンを美味《おい》しいと思えるときが来るのだろうか？

無理にマフィンを齧《かじ》り、咀嚼《そしゃく》し、強引に飲み下す。ミルクを飲み、彼女は言った。

「実はわたし――」

「昨日の夜のことなんだが――」

話しだすタイミングが完全に重なってしまったため、ジェイクは笑いだした。

「きみが先に話したまえ」

彼の瞳には悲しげな、どこか恥じらうような色があった。いつもの悪戯《いたずら》っぽい表情より、いまのジェイクの佇《たたず》まいのほうが魅力的に感じられた。よくない兆候だった。それでなくともジェイクは、彼女にとって魅力的すぎる存在なのだ。

ケイトは深呼吸をすると、あえて下手に出ることにした。「昨日の夜のことを謝りたかったの。わたしとは何の関わりもないことに、余計な口出しをするつもりはなかったのよ」

言わなくてもいいことまで言ってしまいそうな気がしたので、口の中にマフィンを突っ込む。

「奇遇だな。ぼくも感情的になったことを謝るつもりでいたんだ。あまり母親の話をしたことがないから、冷静でいられなかったんだと思う」

「たいていのひとは、母親とまっとうな関係を築いているものだわ。だから、子供と上手《うま》く関われない母親というのは、なかなか想像できないものなのよ」

「実を言うと、いまはわりと関係が良好なんだ」

ケイトは眉を上げ、彼に疑いのまなざしを向けた。「でも、子供のころの怒りはいまでも残っているんでしょう？」

「そんなことはない」ジェイクは肩をすくめた。「子供のころは腹も立てていたが、いまは母と上手くやれているんだ」

「あなたはお母さんに捨てられた。それなのにあなたは……お母さんを許しているの？」

「ああ。きみは疑っているのか？」

ケイトは立ち上がり、朝食の残りをごみ箱に捨てた。「ええ、そうよ」

自分の声がひどくぶっきらぼうに感じられた。これが謝罪と言えるのだろうか？

彼女は振り返り、ジェイクに向き直った。「わたしが言いたいのは、いまでも怨《うら》みがあるなら素直に認めたほうがいい、ということよ。完璧な親なんていないわ。だから、怒りをおぼえたとしても、それは悪いことじゃないのよ」

「親を許したとしても、それは悪いことじゃないと思うぞ、ケイト」

「どういう意味？」

「きみはただの一度も、自分の母親と和解しようとしなかった。そうだろう？」

「そうよ、一度も和解しなかった。あんな目に遭わされて許せるわけがないわ」

「だが――」

「州の福祉部門がわたしたちを保護したのは、ベスが十歳でわたしが八歳のときだった。母は抗議しなかったわ。わたしたちを取り戻そうとすらしなかった。わたしは州に感謝するべきかもしれないわね。母のしたことでいちばん価値があったのは、わたしたちを手放したことかもしれない」

ジェイクの目には憐憫《れんびん》の情が浮かんでいた。「これだけ年月が過ぎたのに、きみはまだ母親の呪縛から逃れられないんだな」

「そしてあなたは、〝ベスはきみよりずっと上手くやっている〟と言うつもりなんでしょう？　〝彼女は子供のころの苦しみを乗り越えて、母親と和解したんだぞ〟と？」

「いや、そんなことを言うつもりはない。ぼくはベスの話じゃなく、きみの話をしているんだ」

ケイトは不意に激しい疲労に襲われ、カウンターにぐったりともたれた。こんな気分は味わいたくなかった。怒り、そして苦々しさ。母だけではなく、少女時代の彼女に関わったすべてのひとびとがうらめしかった。多忙すぎて仕事が雑だったケースワーカーたち。彼女を見下していた里親たち。

ベスに怒りをおぼえたこともあった。里親から里親へと盥回《たらいまわ》しにされながら、姉はそれほどつらそうな顔をしていなかった。彼女はどこに行っても、すぐに気に入られていたのだ。

「あなたの言うとおりね。これは姉さんの話じゃない。でも……」

「でも？」彼は話の続きを促した。

「でも、わたしはときどき考えていたのよ。姉さんのようになりたい、と。姉さんはわたしとは違ったやり方で人生に向き合っていたし、生き方もまるで違っていた。姉さんはかなり若いころにスチューと出会って、恋に落ちた。ずっと彼を頼りにして、彼を信頼していたわ。でも、わたしにはそんな生き方はできなかった」

わたしは、ジェイクから何かを手に入れようとしているわけではない。彼がそれをわかってくれればいいのだけれど。ケイトはつとめて明るい口調で言った。

「わたしは昔から、自分だけを頼りに生きるタイプだったわ。そういう生き方が好きだったのよ」

彼女は微笑《ほほえ》んだ。だが、それはぎこちない微笑みだった。彼女の晴れやかな態度が作りものであることを、ジェイクは見抜いているようだった。ケイトは表情を隠すために彼に背を向けた。

気持ちを落ち着けようと皿を洗いはじめる。だが、洗い終えて振り返ると、目の前にジェイクがいた。

彼は抗議する隙を与えることなくケイトを抱き寄せ、髪を撫でながらささやいた。「きみの生き方は何も間違っていない。きみは強く勇敢な女性だし、それは尊敬に値することだ。だが、きみはもう一人じゃない。ぼくがここにいる。ぼくを信頼してくれ」

ジェイクの抱擁は心地よかった。彼の腕はたくましく、肩幅は広く、頬に触れる胸は硬かった。まぶたを閉じ、もたれかかる。引き締まった体。そこには安心感があった。誰かを頼りにするなど、彼女がこれまで一度も自分に許さなかったことだった。

彼を信じることができれば、とケイトは心の中でつぶやいた。彼は永遠にそばにいてくれて、この重荷を分かち合ってくれる。そう思い込むことさえできれば。

たしかにジェイクは善意からわたしに力を貸してくれた。けれど、彼はさっきのチョコレート・ラズベリー・クロワッサンのようなものだ。決して屈してはならない誘惑なのだ。

9

ケイトが金曜の夕方に帰宅すると、ジェイクはすでに仕事に出ていた。戻るのは真夜中すぎらしい。彼は週四日のシフトが基本だったが、今夜は休暇中の同僚の穴埋めだった。

彼女は落ち着くことができず、家の中をぐるぐると歩きまわった。いつのまにかジェイクがいることが当たり前になっていた。二人でいっしょに過ごすことはほとんどなかったが、それでもケイトは彼の存在に慣れてしまったのだ。

すべてが終わり、彼がいなくなったら、いったいどうなるのだろう？　やがてこの家にはジェイクも赤ん坊もいなくなるのだ。それを思うとなぜか悲しくなった。

ケイトは何度も自分に言い聞かせてきた。ジェイクも赤ちゃんもわたしのものではない、と。だが、それでも……。〝それでも〟何だというの？　頭の中でもう一人の彼女が嘲るように言った。

赤ん坊を引き取りたい、と彼女は心の底で願っていた。しかし、現実にはそれは不可能だ。ジェイクについても同じだ。彼を引き止めたところで何の意味があるだろう？　わたしは自立する人間として生きてきた。自分一人の力で幸福をつかもうとしてきた。それが裏切られたり、傷ついたりしない唯一の方法だったからだ。

それでも、ケイトは考えずにはいられなかった。もっと違うかたちでジェイクと結婚していたら、どんな人生が待ち受けていたのだろう？

当然、彼が帰るまで寝ずに待っているはずだ。毎晩、ロマンチックな出迎え方をするだろう。セクシーなランジェリーを脱ぎ捨て、二人でバスタブに浸《つ》かり、リラックスした夜を過ごすかもしれない。二人でベッドで食べる豪華な朝食のメニューを考え、それから早めに休んでしまうのもいい。

そんなことを考えているうちに、胸が疼《うず》きはじめた。いくら妄想をたくましくしても、そのうちのどれひとつとして実現しないのだ。彼女の行く手には、気が遠くなるほど長い夜が待ち受けていた。

八時、冷蔵庫を開け、チーズサンドイッチを作ろうとしたところ、キャセロールが目に入った。鍋の蓋にはジェイクのメモが貼り付けてあった。

健康にいいから、心配しないで食べてくれ。野菜と全粒粉パスタのラザーニャだ。チョコレート・クロワッサンをデザートにするといいかもしれない。

ケイトは微笑《ほほえ》んだ。今朝もいまも、やはり休戦の申し出を拒絶することはできない。だいいち、チーズサンドイッチよりも、彼が用意してくれた料理のほうが赤ん坊の健康によさそうだ。彼女は電子レンジで加熱したラザーニャを、書類に目を通しながらキッチンテーブルで食べた。料理を平らげ、今日最後の仕事を終えると、疲労が重い毛布のようにのしかかってきた。

ソファで仮眠を取ろうとしたが、どうしてもくつろげなかった。寝室のベッドはさらに寝心地が悪い。そのときケイトは、ジェイクのマットレスの話を思い出した。

あのマットレスなら熟睡できる、と彼は言っていたのだ。

彼女は枕をつかみ、廊下を抜け、彼の寝室に向かった。

部屋の入口からベッドに視線を向ける。ジェイクが越してきて以来、ここには一度も足を踏み入れていない。部屋のあまりの変わりように彼女は驚いた。

彼が運び入れたベッドはキングサイズだった。今朝のベッドメイクは省略されたらしく、紺色のブランケットはいっぽうの端に放り出され、クリーム色のシーツが剥《む》き出《だ》しになっている。壁ぎわにはドレッサーが置かれ、隅の椅子の背もたれには脱ぎ捨てられた服が掛けられている。散らかってはいたが、居心地はよさそうだ。どう見てもここはジェイクの部屋だ。むしろ彼女のほうが不法侵入者なのだ。

どうしても眠れないという理由がなければ、こんなまねは絶対にしなかったはずだ。
二、三時間だけ睡眠を取り、それから自分の部屋に戻ればいいのだ。
ジェイクが帰宅するのはもっとあとだ。気づかれるはずがない。ここ最近の睡眠のパターンから考えると、ジェイクが戻る前には目が覚めるはずだ。

シーツのあいだに体を滑り込ませる。シーツは柔らかく、肌に心地よかった。

左脇を下にして体を丸め、顔を彼の枕にうずめる。呼吸をするたびに、さわやかで男性的なジェイクの香りが鼻を刺激する。

数週間ぶりに——もしかすると数カ月ぶりに、ケイトはぐっすりと眠ることができた。


ジェイクが私道に車を止めたのは、深夜を少しすぎたころだった。窓の明かりはすべて消えていた。

家の中は静まり返っていた。ケイトの寝室のドアも閉まっている。少しは睡眠が取れていればいいのだが、と彼は思った。

彼女を起こさないように足音を忍ばせてキッチンに入り、サンドイッチを作る。ケイトはラザーニャを残らず食べてくれたようだ。彼の胸は躍った。クロワッサンには手を付けていないが、多少なりとも状況は改善されたということだ。

現場の調査活動で付いた灰を落とすため、手早くシャワーを浴びる。寝る前には少し本を読むつもりでいた。

バスタオルを腰に巻いて寝室に入ると、ベッドにはケイトの姿があった。

ようすを確かめるためにベッドに近づく。彼女は脇を下にし、体を丸めていた。漆黒の髪が枕の上に広がっている。シーツの端から覗《のぞ》く肩は剥き出しだった。

ケイトと距離を取るという彼の決意は、大きくぐらついた。

彼女はぼくの妻だ。

彼女の胎内にはぼくの子供がいる。

その彼女がぼくのベッドで眠っている。

彼女を思いながら、ぼくが何度も眠れぬ夜を過ごしたこのベッドで。ぼくはここでケイトという名のパズルを解こうとしていた。心から彼女を欲していたのだ。

だが、いま彼女が求めているのは睡眠だ。

ぼくは彼女に大したものを与えることができなかった。しかし、眠りだけは別だ。

音をたてないように注意しながら、ドレッサーからボクサーショーツとハーフパンツを取り出す。ケイトに背を向け、それらを身につける。ドアに近づいたとき、彼女がうめくような声をあげた。くるりと振り返り、ケイトに視線を向ける。彼女が目を覚まそうとしていた。

ケイトは仰向けになり、まぶたを開けた。ベッドの足側に立つジェイクに気がつくと、勢いよく体を起こす。

「わたしは……つまり……」

彼は両手を上げ、てのひらをケイトに向けた。

「いいんだよ」

「いいえ、よくないわ」彼女はベッドの端から床に足を下ろしたが、立ち上がろうとしなかった。眠気が振り払えていないのだろう。「わたし……ものすごく恥ずかしいわ」ケイトは両手で顔を覆った。

「あなたはまだ帰ってこない、と思っていたのよ」

彼女は動揺しているようだった。ジェイクは彼女のかたわらに腰を下ろした。

「気にすることはないさ」

「いま何時？」

「一時すぎだ」

「四時間も寝ていたのね。それなのに、どうして疲れが取れないのかしら？」

ケイトの髪のひとふさが顔に垂れかかる。ジェイクはそれを指で払いのけた。「最後にぐっすり寝られたのは、いつのことなんだ？」

「何週間も前かもしれない」彼女は立ち上がり、少しよろめいた。「自分の部屋に戻るわね」

だが、このままケイトを行かせたくなかった。ジェイクは彼女の手首をつかんだ。「待ってくれ」

彼女の肌は温かかった。指の下に脈動を感じたような気がした。

「きみはここにいるべきだ」

ケイトは目を丸くし、彼の手を振りほどいた。しかし、彼女の視線はジェイクの剥き出しの胸に向けられていた。瞳が妖しいきらめきを放つ。

ケイトはたまらなく魅力的だった。だが、いまはそんなことを考えている場合ではない。

「どうやらきみは、こっちのベッドのほうがよく眠れるようだな。それなら、朝までここで寝たほうがいい。今夜はそれでかまわない。熟睡できれば体調もよくなるはずだ」

ジェイクは再び彼女の手を握り、優しくベッドに導いた。ケイトは逆らわなかった。ベッドに腰を下ろした彼女からは、リラックスした雰囲気が感じられた。

「あなたはどこで眠るつもりなの？」

「それはあとで考える」彼はケイトの肩を軽く叩《たた》き、横になるように促した。

彼女はベッドの上で体を丸くし、ジェイクに背を向けた。

「眠れそうにないわ」ケイトはまぶたを閉じたまま言った。

「しばらく横になっているんだ」ジェイクは彼女の耳もとでささやいた。「それでも眠れなかったら、起きればいい。ぼくがダンスに連れていってあげるから」

ケイトは笑い、ため息をつき、やがて眠りに落ちた。ジェイクはその場に立ち尽くし、しばらく彼女を凝視していた。眠っている人間を眺めていると、なぜか心が休まる。その人物と親しくなれたような気がする。いま彼は、めったに見られないケイトの姿をまのあたりにしているのだ。

ジェイクは、部屋の隅の椅子の背もたれからシャツを取り上げた。ベッド脇のテーブルの本に手を伸ばしたとき、ケイトが寝返りを打ち、仰向けになりかけた。そして、いきなり目を覚ました。

彼女はまばたきを繰り返した。「ほら、言ったとおりでしょう？　わたしは眠れないのよ」

ジェイクはベッドの端に腰を下ろし、彼女の髪に指を走らせた。「それでも、きみは眠っていた。寝返りを打つ直前に目を覚ましただけだ」

「わたしはおかしいのかしら？　望ましくない姿勢で眠ることを、ここまで怖がっているだなんて？」

「別におかしくはないさ」

「わたし、どのくらい眠っていたの？」

「あまり長い時間ではなかったな」

そのとき、あるアイデアが彼の頭に浮かんだ。ベッドに入り、彼女を引き寄せ、体を包み込む。

「ジェイク！」ケイトは抗議し、彼の抱擁から逃れようとした。

「静かにするんだ……大丈夫だから。きみが眠れないのは、仰向けになるのが怖いからだ。そうだろう？　だが、ぼくがここでこうしていれば、きみは寝返りを打てない」

「でも――」

「寝返りが打てないことがわかっていれば、ぐっすり眠れるはずだ」

「理屈ではそうだけど――」

「ぼくを信じてくれ」ケイトの不安をやわらげるため、彼は無理に笑ってみせた。しかし、とても笑える状態ではなかった。彼女と体が密着しているのだ。

「妙なまねはしない。約束するよ」

「わたしが心配しているのは、そういうことじゃないの。あなたとわたしは、こんなふうに親密になるべきじゃないのよ」

「二人だけの秘密にしておけばいいのさ」

彼はもう一度ケイトの髪を撫《な》で、手を肩に置いた。彼女の体から少しずつ緊張が抜けていく。

「わたしはあらゆることに正しく対応できているのかしら？」

「できているとも」ケイトは赤ん坊のために、つねに正しい選択を下そうとしているのだ。そんな彼女を尊敬せずにはいられなかった。

「わたしの望みは……元気な赤ちゃんを産むことなの。がっかりさせたくないのよ……ベスやスチューを……そして、あなたを」

ケイトはそれ以上何も言わなかった。眠ってしまったのだろう。

ジェイクは彼女を見下ろした。驚きを禁じ得なかった。いまのいままで気がつかなかった。ケイトは不安なのだ。自分はすべての問題に正しく対処しなければならない、と考えているのだろう。だが、もともと彼女はそういう女性ではなかっただろうか？　恐怖や不安を一人で抱え込んでしまうタイプでは？

　ジェイクも何とか緊張を解こうとした。しかし、無理だった。ラベンダーの香りのする髪が鼻に触れ、豊満な体が肌に密着し、まろやかなヒップが下腹部に押し付けられる。彼にできるのは、呼吸を平静に保つことだけだった。

　長い夜になりそうだった。

　ケイトは数週間ぶりに心地よい目覚めを経験した。いや、単に心地よいだけではなく……そこには安心感があった。彼女は不安からも解放されていた。

　やがて、自分がどんな状況で目を覚ましたのかがのみ込めてきた。

　背後にはジェイクがいるのだ。

　昨夜の記憶が不意に甦《よみがえ》る。彼のベッドを勝手に使ってしまったことが恥ずかしかった。彼の説得を受け入れ、結局この部屋で眠ってしまったことも心苦しかった。

　ああ、何てことなの。こんなつもりじゃなかったのに。

　最悪なのは、この部屋を出ていけなかったことだ。ジェイクのかたわらで眠るのは、あまりにも心地よかったのだ。

　彼の胸は背中に密着し、手は腹部に置かれ、男性的な香りがケイトを包み込んでいる。

　彼の吐く息が耳に触れ、全身に歓喜が広がった。自分を抑えることができなかった。体をさらにジェイクに押し付ける。

　そのとき、密着するたくましい身体の部位が、胸と腕だけではないことに気づいた。期待が衝撃と化して体内で弾《はじ》ける。

　最後に男性のベッドで目を覚ましたのは、いったいいつのことだろう？　遠い昔のことのような気がする。そう、もう何年も前の話だ。誰かとベッドを分かち合う喜びがどんなものだったかを、忘れてしまうくらい昔のことだった。

ケイトは土曜の朝のセックスが好きだった。焦ることなく時間をかけて体を絡ませ、ゆるやかに快楽の炎を燃え上がらせ、頂点を極めるのだ。

彼女は誘惑に屈する前にジェイクから離れようとした。しかし、実行に移すことができなかった。ジェイクの腕が腹にまわされたからだった。

「行かないでくれ」耳もとで彼がささやく。

ケイトは背後に視線を向けた。「いつ目を覚ましたの？」

ジェイクはひじを突いて体を起こし、彼女を見下ろした。「きみが起きる前からだ」

欲望のあかしは彼女のヒップに押し当てられたままだ。彼女の脈拍が速くなった。彼が興奮しているのはわたしのせい？　それとも、これはただの生理現象？

「それなのに、動かずにじっとしていたの？」

「きみを起こしたくなかったんだ」

ジェイクとの距離が近すぎる。彼女は不安に襲われた。「でも、もうあなたは——」

ちょうどそのとき、赤ん坊がお腹《なか》を強く蹴った。彼があてがっていた手のすぐ下だった。

「えっ？　いまのはいったい……？」

彼女はジェイクから体を離そうとした。

だが、彼はそれを許さなかった。ケイトの腕をつかみ、かたわらに引き寄せた。気がついたときには、彼女は仰向けにされていた。ジェイクが彼女の腹に耳を押し当てる。

「そんなことをしても何も聞こえないわよ」

「静かにしてくれ」

「仰向けになるのもまずいし」

「少しのあいだだよ」彼はそのままの姿勢で応えた。

悔しいけれど、ジェイクの言うとおりのような気がした。何分か仰向けになったくらいなら、お腹の子に悪影響はないだろう。

キャミソールごしに彼の熱い吐息と無精髭《ぶしょうひげ》が感じられる。

下腹部に置かれたジェイクのてのひらは熱かった。キャミソールと下着のあいだには微妙な隙間があるため、彼は素肌に直接触れているのだ。彼が手をあと少し――十センチばかり下に動かせば、ケイトの秘められた場所に指が触れる。彼女の肉体はジェイクがそうすることを切望していた。

いや、自分から腰を浮かせれば、彼の愛撫《あいぶ》が受け止められるのだ。

深く息を吸い、まぶたを固く閉じる。ああ、この胸の高鳴りが、彼に聞こえていなければいいのだけれど。「ジェイク、やっぱりこれはいけないことだと――」

赤ん坊がまたしても腹を蹴りつけた。ちょうど彼が頬を押し当てているあたりだった。

感極まったような声でジェイクは言った。「いまのははっきり感じ取れたぞ」腹部に耳を密着させたまま、彼はケイトの顔を見た。ジェイクの歓喜の表情を目にしたとたん、彼女の呼吸は止まりかけた。

ケイトはうなずくことしかできなかった。

「動いたのはこれが初めてなのか？」

「そうじゃないけど」

彼の顔から笑みが消えた。「ぼくに教えてくれなかった、ということなのか？」

「それは……」彼女は唇を噛《か》んだ。

「この子が最初に動いたのはいつなんだ？」

「三週間か、四週間くらい前ね。でも、説明するのは難しいわ」もっと話が聞きたいという表情をジェイクが見せたため、彼女は何とか言葉を続けた。

「最初はぼんやりとした感覚だったのよ。何なのかもよくわからなかった。体の中で何かがはためくような感じがするはず、とお医者さんは言っていたわ。蝶《ちょう》の羽ばたきのようなものだ、と。だけど、実際はまるで違っていた」

「どんな感じなんだ？」

　ジェイクは彼女を凝視していた。こんなふうに彼女を見つめてくれた男性は、いままで一人もいなかった。彼はケイトに意識を集中させている。彼女のつぎのひとことが、この世の何よりも重要であるかのように。

「どちらかと言うと、痙攣《けいれん》に近いわね。というか……体を思いきり動かしたあとって、心臓がどきどきしているのがわかるでしょう？　そういう感じなのよ」

　ジェイクは彼女の目を見たままうなずいた。彼の声からは感情の高ぶりが感じられた。「ああ、なるほど」

　彼女はジェイクの視線にわれを忘れた。頭が真っ白になった。ジェイクが彼女の腹部に手を置き、瞳を覗き込むいまこの瞬間は、彼のことしか考えられなかった。心臓は雷鳴のように轟《とどろ》いていた。

　ケイトは喘《あえ》ぎ、力のない声で説明を締めくくった。「胸の中で心臓がどきどきしているようなものね。一定のリズムで動いているわけじゃないけど」

　またしても手の下で赤ん坊が動くと、ジェイクは彼女の腹部に視線を戻した。「すごいな」

「ええ」ケイトはかろうじて声を絞り出した。「すごいわ」

　たしかにこれは驚くべきことだった。胎内で子供が動いていることも、ジェイクが彼女を見つめていることも。

　誰もこんな目で彼女を見てくれなかった。ジェイクは、あたかも彼女が〝すごい〟存在であるかのように視線を向けてくるのだ。

この世には大切なものがある、とケイトは信じていた。義務、正義、名誉。彼女はそういったものを重んじて生きてきた。だが、お腹の子に比べれば――ジェイクとの絆《きずな》に比べれば、それらが小さなものに思えてきた。

しかし、すべては幻想にすぎなかった。彼女が感じている絆は弱い絆ですらない。そもそも存在しない絆なのだ。

お腹の子供は彼女のものではない。ジェイクのものでもないのだ。

10

土曜の朝にベッドを出て以来、ケイトはよそよそしかった。朝食は外ですませ、昼間は職場で仕事をしていた。ジェイクにとって唯一の慰めは、日曜日に彼の友人の家で行われるバーベキューに出席する、と彼女が約束してくれたことだ。これで日曜日はまる一日ケイトと過ごせる。彼女を抱きしめ、手を触れる口実ができるのだ。

ケイトは夜になって帰宅したが、彼のベッドで眠ることは拒否した。ぼくはソファで寝るから、とジェイクが言っても聞き入れなかった。

ケイトのいない寝室で、何時間も天井を見上げる。ようやく眠れそうになったとき、低いうめき声が彼女の部屋から聞こえた。

一瞬で眠気が吹き飛んだ。寝室を飛び出し、廊下を走り抜ける。

ケイトの部屋のドアは閉まっていた。乱暴にドアを開けると、ベッドに座り込むケイトの姿が見えた。窓から差し込む月光が彼女の顔を照らしている。

「何があったんだ？」

「ただのこむら返りよ」

ジェイクは安堵《あんど》をおぼえた。別に具合が悪いわけじゃない。赤ん坊も無事だ。問題はないんだ。

だが、彼女は苦しそうにしている。彼はケイトに近づいた。

「何か手伝えることがあったら言ってくれ」ベッドの端に腰を下ろす。

「大丈夫よ」彼女はジェイクから離れようとした。しかし、急に動いたせいで痛みが悪化したようだった。ケイトがたじろぎ、脚に手を伸ばそうとする。

ジェイクは彼女の腕を押さえた。「ぼくが何とかするよ」

ケイトは警戒心に満ちた表情を見せた。だが、やがて左右のひじを突いて体を後ろに傾け、こむら返りを起こした脚を彼にまかせた。

こむら返りの経験があるジェイクには、その痛みが理解できた。踵《かかと》をいっぽうの手でつかみ、もういっぽうでふくらはぎをマッサージする。彼女の剥《む》き出《だ》しの脚のことは考えないようにしながら、筋肉をほぐすことに集中する。

このまま永遠にケイトの肌に触れていたかった。この喜びに溺れてしまいたかった。それでも、何とか理性を保とうとした。彼は救急救命士の資格を持っていた。果たすべき任務に集中する能力があるはずだった。だが、ケイトが相手では集中できなかった。今日は一日中彼女のことを考えていたのだ。

こわばった筋肉を親指が探り当てる。揉《も》みほぐすと、ケイトがうめいた。くぐもった低い声を耳にしたとたん、欲望が押し寄せてきた。

しかし、それと同時にジェイクは現実に引き戻された。彼女は苦しんでいるのだ。興奮しているのではない。

ケイトの顔に視線を転じ、表情を読み取ろうとする。「力を入れすぎた？」

「そんなことはないわ。いい気持ちよ」

「いまから筋肉を伸ばしてみる。いいかい？」

彼女はうなずいた。

彼は足の親指の付け根を握ると、ケイトのようすを窺《うかが》いながら、ゆっくりと曲げ伸ばしを始めた。彼女の表情は変わらなかった。痛みをこらえているのかもしれない。

やがて、足のこわばりはほぐれていった。

「よくなった？」

ケイトは再びうなずいた。「ごめんなさい、起こしてしまって」

「謝る必要はないさ」

痛みは治まったようだが、彼女の脚から手を離すことはできなかった。柔らかな感触はあまりにも心地よかった。ケイトが自分から彼の手を振りほどくのでは、と彼は思った。しかし、彼女はそんなまねをしなかった。

それどころか、口もとにかすかな笑みを浮かべた。

「もう少し力を入れてもいいかも」

ジェイクは彼女にさらに体を近づけた。彼の手はふくらはぎから膝の少し上に移動した。もういっぽうの手で、彼女の目に垂れかかる髪のひとふさを払いのける。

彼はケイトに告げたかった。月光に照らされたきみはたまらなく美しい。きみの肌に触れていると理性を失いそうだ。髪の香りは欲望を刺激する。いますぐきみにキスしたい、と。

だが、ジェイクは何も言わなかった。自分が犯した失策を思い出したからだった。少しでも強引なまねをすれば、彼女は逃げ出してしまうだろう。

彼はすべてを頭から振り払うと、彼女がおびえないような台詞《せりふ》を口にした。「子供はいまも動いているのか？」

「今日はいつもより元気な気がする」

「性別は確認したのかい？」

「いいえ。でも、女の子のような気がするの」

二人の距離は近かった。淡い月明かりに照らされた彼女の顔が見える。彼女の息遣いが聞こえる。ケイトにキスしたかった。しかし、それは許されないことだった。

ジェイクは彼女の脚から手を離した。自分の部屋に戻るんだ、と自分自身に命じる。

そのとき、ケイトが唐突に尋ねた。「あなたは何を考えていたの？」

「きみを連れて人前に出たい、と考えていた。人前に出れば、きみにキスする口実ができる」

「あなたは口実があろうとなかろうと、自分のしたいことをするひとだ、と思っていたけど」

結婚前の彼女との取り決めなど、片っ端から破ってしまいたかった。だが、それは不可能だった。約束を反故《ほご》にすれば、彼はケイトを失う。そんな危険は冒せなかった。

彼女の瞳には誘うような光があった。しかし、そこに付け入っていいはずがない。ようやく生まれかけた信頼を、どうしてぶち壊すことができるだろう？

ジェイクは立ち上がった。「誘惑しないでくれ、ケイト」

彼女は体をこわばらせた。「どういう意味？」

「意味はわかっているはずだ。きみの要求に応じて、ぼくは約束をした。これはあくまで契約だ。親密な関係を結ぶわけではない、と。きみが決めたルールなんだぞ」

ケイトは彼の非難をものともせずに言った。「だから何？」

「ルールを変更したいのなら、きみが自分の意思で変えるべきだ。ぼくは自分から破るつもりはない」

自分の部屋に戻るべきなのはわかっていた。だが、彼はその場から動けなかった。

彼女は床に足を下ろし、立ち上がった。「もしわたしが、ルールを変えたい、と言ったらどうするつもり？」

ジェイクの心臓は激しいリズムを刻みはじめた。鼓動が彼に告げる。ケイトにキスをしろ。彼女を自分のものにしろ、と。

衝動にしたがうのは簡単だった。しかし、自分の良心を裏切ることはできなかった。

彼女の本心を確かめなくては。

「これはきみが決めたルールだ。だから、それを変えられるのはきみだけだ」

ジェイクの言うとおりだった。これはケイトが決めたルールだ。親密な関係を結ぶべきではない、と主張したのは彼女のほうだった。彼はケイトの決めたガイドラインにしたがっているだけなのだ。

いますぐ抱き上げて、気が遠くなるほどキスしてほしい。そう望むのはいけないことなのだろうか？

もう何も考えたくなかった。責任を負いたくなかった。決断を下したくなかった。

ジェイクの欲望には気づいていた。肌に触れる手からも、表情からもそれは感じ取れた。だが、彼女は単なる欲望以上のものが欲しかった。ジェイクを屈服させたかった。抵抗できない状態に追い込みたかった。

ケイトはゆっくりと移動し、彼の前に立った。ジェイクの瞳の奥が見えるほど、彼の香りが嗅げるほど、二人の距離は近かった。

これを望むのは間違ったことなの？

いいえ、間違いではないような気がする。それどころか、これ以上ないくらい正しいように感じられる。お腹《なか》の子の父親と愛し合って何が悪いの？　これ以上自然なことはないはずよ。

ケイトは勇気を振り絞り、彼の頬に手を触れた。指先から激しい心臓の鼓動が感じられるような気がした。ジェイクも彼女と同じように胸を高鳴らせているのだ。

手を頬から顎に滑らせる。ざらざらとした感触に彼女は歓喜した。爪先立ちし、唇を重ねようとする。

しかし、彼は後ずさった。「やめるんだ、ケイト」

「〝やめろ〟って何を？」唇に届かなかったため、顎にキスをする。「これをやめろ、と言うの？」

ジェイクの肌は熱かった。唇に無精髭《ぶしょうひげ》が触れる。彼女のくちづけは喉もとへと移動した。「これもだめなのかしら？」

そのとき、ケイトは気づいた。彼女が思っていた以上に、ジェイクは意志の強い男性なのだ。物憂げで四角張らない態度のせいで、彼を誤解していたようだ。

ケイトはこの強さに引きつけられていたのだ。彼女はジェイクの弱さを白日にさらす存在になりたかったのだ。

「わたしたちは二人ともこれを望んでいるはずよ。どうして自分たちの欲望にしたがってはならないの？」

彼は両手でケイトの腕をつかんだ。「いまが真夜中だからだ。午前三時は、人間がばかげたまねを仕出かす時刻なんだ」

ジェイクの言うことにも一理あった。しかし、彼の声はかすかに震えていた。どうやらケイトのキスは彼の心を激しく揺さぶったようだ。

「あなたの言うとおりね。ときどき人間って、真夜中に愚かなことをするものよね。でも、そういうことは愚かであると同時に勇敢だったり、大胆だったりもするわ。明るいうちは、勇気がなくてできないことが実行に移せるのよ」

　腹立たしいことに、ジェイクはそこで笑い声をあげた。「ケイティ、きみが勇気に欠ける女性だとはとても思えないな」

「わたしは自分の臆病さを上手《うま》く隠していただけだわ」

　そう言ったとたん、肩から重荷を下ろしたような気がした。

「何か過ちを犯すのではないか、とわたしはびくびくしながら何カ月も暮らしてきたわ。あなたと親密になるべきではない――わたしはそう考えてきたし、そう主張もしてきた。でも、それは間違いだったわ。あなたとひとつ屋根の下で暮らすことがこんなに難しいことだなんて、思ってもいなかった。自分が心からあなたを欲しがっていただなんて、考えてもみなかったのよ」

　ケイトの告白は劇的な効果をもたらした。ジェイクの頑《かたく》なな表情に変化が生じた。瞳から拒絶の色が消えたのだ。

　もう一度爪先立ちをし、くちづけを求める。今度はジェイクも身を屈《かが》め、彼女の唇を受け止めた。

　彼のキスは巧みだった。それは唇を重ねるだけの単純な行為にすぎなかった。にもかかわらず、彼女の血は沸き立ち、下腹部に欲望が兆した。

　ジェイクが彼女の腕から手を離す。ケイトは彼の首に腕をまわし、体を押し付けた。二人を隔てるのは数枚の薄い布地だけだった。感触はあまりにも刺激的だった。ジェイクは彼女の気持ちを読み取ったかのように、キャミソールの下に手を差し入れ、ヒップに近づけた。肌に指が触れると、ケイトはうめき声を漏らした。穏やかな愛撫《あいぶ》だけでは満足しきれなかった。いまは全身でジェイクを感じたかった。

ケイトはキャミソールの裾をつかんだ。いったんキスを中断し、着ていたものを脱ぎ捨てる。

ジェイクは後ずさりした。彼は部屋を出ていくのでは、という恐怖が押し寄せてきた。しかし、彼はどこにも行かなかった。彼女を見つめるために距離を置いただけなのだ。

誇らしい気持ちがわき上がった。ジェイクは欲望のまなざしを彼女に向けている。彼の顔にはこれ以上自分を抑えられない、という表情が浮かんでいた。ジェイクは彼女を欲しがっている。その事実を隠す気さえないのだ。

「ああ、きみは綺麗《きれい》だ」押し殺した声だった。

ケイトの胸のふくらみを指でなぞる。頂に触れる手は少し震えていた。

ジェイクがふくらみをてのひらで包み込むと、彼女はうめいた。

彼はすぐに手の動きを止めた。「力を入れすぎたかい？」

「そんなことはないわ。すてきよ」

ジェイクに告げたいことはいくらでもあった。この瞬間をずっと夢見てきたこと。彼のことを思いながら眠れぬ夜を過ごしたこと。こんなふうに触れてほしかったこと。

彼はベッドの端に腰を下ろし、ケイトを引き寄せ、左右の脚のあいだに立たせた。胸のふくらみに顔をうずめ、頂に舌を這《は》わせると、ケイトは彼の髪に指を走らせた。

ジェイクが口を開け、先端を頬張り、強く吸う。悦楽が駆け抜け、彼女の膝は崩れそうになった。彼の肩をつかみ、体のバランスを保つ。やがて、もっと濃厚な愉悦が欲しくなった。ジェイクを体の内側で感じたかった。両脚の付け根の疼《うず》きを静めたかった。

けれど、懇願するのはいやだった。

自分が主導権を握りたかった。

ジェイクの肩を押し、仰向けになるように促した。彼のパジャマのズボンは欲望に張り詰めていた。

ケイトは彼の唇にキスをした。それは言葉にならない情熱を込めたキスだった。単にジェイクが欲しいだけではなかった。彼を狂わせたかった。理性を完全に奪ってしまいたかった。

両手でジェイクの胸を撫《な》でまわす。引き締まった筋肉と高鳴る心臓の感触に心が躍った。だが、いつまでもここに留《とど》まっているわけにはいかない。彼女の手がジェイクのパジャマのズボンの中をまさぐる。彼はケイトの意図に気づき、一瞬だけベッドから腰を浮かせ、太腿までパジャマを下ろした。

ケイトは身を屈め、彼の剥き出しの肌に触れた。ジェイクのこわばりは熱く、彼女の下腹部と同じように激しく脈打っていた。ケイトはためらわなかった。全長に沿ってジェイクを撫でる。

ジェイクは彼女のヒップをつかみ、喘《あえ》ぐように言った。「待ってくれ」彼の顔は欲望に張り詰めていた。

「よくなかった？」彼女が尋ねる。

「最高だよ。最高すぎるくらいだ。だが、ぼくはきみの中に入りたいんだ。ぼくの部屋に避妊具が――」

「その必要はないわ。わたしは妊娠しているし、あなたもわたしも検査結果には何の問題も……」嫉妬に近い何かが彼女の胸を刺した。「ただ、そのあとにあなたが誰かと――」

「それはない。あのあと、ぼくは誰とも関係を持っていない」

ケイトは身を乗り出し、彼に顔を近づけ、瞳の中を覗《のぞ》き込《こ》んだ。そこに偽りの色は微塵《みじん》もなかった。

彼を信じたかった。彼女の勘も検事補としての経験も、ジェイクは嘘《うそ》をついていない、と告げていた。

しかし、彼女は慎重な人生を送ってきた人間だった。あえて危険を冒すことはできなかった。

ナイトテーブルの引き出しから避妊具を取り出す。フォイルを破ったとき、彼と目が合った。「ムードが台無しかしら？」

息を殺し、彼の答えを待つ。ジェイクはしばらく無言だった。やがて彼は体を起こした。

いっぽうの腕をウエストにまわし、ケイトを抱き寄せ、唇にキスをする。

時間をかけた熱いくちづけだった。ジェイクは唇を離すと、彼女の目を見つめた。

「きみは賢明な女性だ、ケイティ。自立を重んじ、意志が強く、自分の信じるものにエネルギーを注ぎ込む。ぼくはきみのそういうところを尊敬している。そう、きみはムードを台無しにしてなんかいないんだ」

やがてジェイクが避妊具を装着すると、上になったケイトが体を沈めた。快楽はあまりに強烈だった。彼女はジェイクの名を呼び、頭をのけぞらせた。彼がケイトを完全に満たしてくれたのだ。

ジェイクが胸のふくらみを口に含むと、何も考えられなくなった。自分がジェイクを狂乱させる、というプランも消し飛んだ。彼のリズムに合わせ、みずからも動いた。彼の言葉が頭の中で鳴り響く。

〝ぼくはきみのそういうところを尊敬している〟

ケイトの全身がこわばった。つぎの瞬間、快楽の大波とともに体が破裂し、彼女は頂点を極めた。ジェイクもまた彼女とともに高みに上りつめた。

11

「お腹《なか》が目立ちすぎるかしら？」

ジェイクは信号で車を止め、ケイトに視線を向けた。二人はバーベキューに向かう途中だった。彼女が身につけているのはデニムのカプリパンツ。大きくなった腹部は、真っ赤なTシャツの上に羽織ったリネンシャツで隠されている。ゆるやかなウエーブを描く髪は肩に垂れていた。表情こそ不安げだったが、ケイトはたまらなく魅力的だった。

できるものなら、車をUターンさせて彼女を家に連れて帰り、一日中愛を交わしていたかった。

欲望を満たしても、すぐにまた彼女が欲しくなるのはなぜなのだろう？

これは単なる欲望ではなかった。別の何かだ。彼がいままで経験したことのない感覚なのだ。

ケイトの瞳を見つめ、〝誰とも関係を持たなかった〟と告げた瞬間、彼はこの感覚に気づいた。あのときジェイクは思ったのだ。信じてほしい。信頼してほしい、と。

かりに信頼されていなかったとしても、ケイトを責める気にはなれなかった。しかし、彼女が避妊具に手を伸ばしたとき、ジェイクの中で何かが壊れたような気がした。

信号が変わり、彼はアクセルを踏んだ。「いや、きみはすてきだよ。何も心配する必要ないさ」

「ええ、そうでしょうとも」ケイトは膝にのせたボウルを両手で握りしめた。ボウルの中身は手製のサラダだった。「職場がらみのバーベキュー。参加者は友だちばかり。何の心配もいらないわよね」

「みんなきみのことが気に入るはずだ」

「そうかしら」

「結婚式に出席したやつらや引っ越しを手伝ってくれた連中とは、もう顔を合わせているはずだ。みんなきみに好感を持っていたよ」

ケイトはため息をついた。「わたし、第一印象がよくないタイプなのよ」

彼は特に驚きはしなかったが、あえて驚いたような表情を浮かべてみせた。「そうなのか？」

「ベスに言わせると、わたしは冷淡で感情に乏しい人間に見えるらしいわ。だから、まわりのひとたちは――」そこで彼女の表情が変わった。「いまの〝そうなのか〟は皮肉だったの？」

「いや、違う」

信じてほしかったが、だめだったようだ。だが、あれは皮肉ではなかった。とはいえ、彼女と初めて会ったときのことはよく覚えていた。ベスとスチューが結婚式の前に開いた夕食会で知り合ったのだ。ケイトは美しかったが、あまりにもクールであまりにも無表情だった。

氷のように冷ややかな態度の奥に優しく愛情深い女性がひそんでいようとは、思ってもいなかったのだ。

「不安を感じる必要はないよ。ぼくがいつもそばにいるから。きみなら上手《うま》くやれる。リラックスして、きみらしく振る舞えばいいんだ」

「どうしても行かなくちゃだめ？」

「ただのバーベキューじゃないか。怖がらなくてもいいだろう。アンダースン夫妻は毎年バーベキューを開催しているし、ぼくは一度も欠席したことがないんだ」

「でも、一人でも行けるはずよ」

「ああ、そうだな。だが、夫婦として不自然に見えるようなことはしない、と約束したじゃないか。覚えているだろう？」

「でも、結婚式の日にちを考えると計算が合わないわよね？」彼が笑うと、ケイトは手を振ってそれを制した。「事情を説明しなくちゃならないことは、わかっているわ。でも、妊娠を知っているひとは、少なければ少ないほどいいと思うの。いずれわたしたちは離婚して、ベスとスチューが子供を引き取るのよ。わたしが妊娠したからあなたはやむなく結婚することになった、と思われるのはいやだわ」

「誰もそんなふうには考えないよ。いまはそんな時代じゃない。きみは美人で頭がよく、社会的な成功も収めている。むしろ、ぼくがきみと結婚できたのはなぜなのか、とみんなが不思議に思うんじゃないのか」

ケイトは歯の浮くような彼の台詞《せりふ》に耳も貸さず、うんざりしたような顔で天を仰いだ。「どうして世間のひとたちは、妊娠した女性は美しいなんて言うのかしら？　とりあえずそう言っておかないと、妊婦のプライドがずたずたになるから？」

ジェイクは車をアンダースン夫妻の家へと続く通りに乗り入れると、彼女を横目で見た。

自分以外のひとびとが、妊娠した女性を美しいと考える理由は彼にもわからなかった。いやそれを言えば、ケイト以外の妊婦が美しいかどうかは、彼にもわからなかった。ひとつだけ確実なことは、ケイトが輝くばかりに美しいということだ。

それは昨夜彼女が熟睡したからかもしれない。彼の子供を宿しているからかもしれない。

だが、おそらく最大の理由は、彼がケイトの腕の中ですさまじい悦楽を味わったからだろう。

理由が何であれ、今日の彼女はどんな女性よりも美しかった。

リラックスすればいい、ですって？

ケイトはソフトドリンクの缶を握りしめ、女性たちの輪の中で作り笑いを浮かべた。少なめに見積もっても一ダースの女性たちによって、彼女は裏庭のテラスに追い詰められていた。女性たちはケイトとジェイクにつぎつぎに質問を浴びせていたが、どうやら尋問は無事に終了したようだった。いまでは女性たちは、子供たちや税金やお気に入りのテレビ番組の話をしていた。

　ケイトは、こうした女性たちがよく理解できなかった。誰もがみな……しあわせそうだった。幸福とは彼女には馴染《なじ》みの薄い感覚だ。女性たちから隠された怒りや怨《うら》みを感じ取ることはできなかった。彼女たちは夫を愛し、子供たちを慈しみ、自分たちの人生に満足しているようだった。

　女性たちは幸福を演じているわけではないのだ。わたしの世界観は歪《ゆが》んでいたのだろうか、とケイトは訝《いぶか》った。長いあいだ判事補の仕事を続けたせいで、人間同士の結びつきを皮肉な目で見るようになってしまった？　子供のころに愛情に恵まれなかったのは事実だが、それはもう乗り越えたはずだ。そう信じていたのだが。

　気がつくとケイトはジェイクの姿を捜していた。彼はバーベキュー・ピットの近くにいた。ビールを飲んだり、ホットドッグ用のソーセージを焼いたりしている。彼女は昨夜のジェイクの言葉を思い出した。意志が強く、自立を重んじる彼女を尊敬している、と言ってくれたのだ。これは初めての経験ではないだろうか？　ひたすら仕事に打ち込む彼女の生き方は、つねに反発を買っていたのだ。

　彼がそばにいてくれたら、とケイトは思った。しかし、いないほうがいいことはわかっていた。女性たちの真《ま》っ只中《ただなか》に取り残されるよりも、かたわらにジェイクがいるほうが危険だ。彼は際限もなくケイトに触れ、彼女を興奮に追い込むだろう。そんなことになれば、偽装結婚に必要な嘘《うそ》をつきつづける余裕もなくなるのだ。

　ジェイクが彼女に触れるのは、そうせずにはいられないからだろうか？　それとも、同僚たちを騙《だま》すためなのだろうか？　それがわからないからこそ、ケイトは不安に襲われるのだ。

　自分は不安のあまりソフトドリンクの缶を握り潰してしまうのでは、と考えていると、女性たちの一人が彼女に近づいてきた。「ホットドッグをもうひとついかが？」

　二人がテラスから裏庭に出ると、女性はケイトの耳もとで言った。

「あまり楽しめていないみたいね」

　ケイトは何と答えてよいかわからず、曖昧な口調で応えた。「そんなこともないけど」

「無理しなくていいのよ。みんないいひとだけど、あれだけの人数にかこまれるとさすがに圧倒されちゃうわよね。あなたはもう五十人くらいのひとに会っているはずよ。しかも、誰もがあなたに興味を持っている……正直言って、驚いたわ。あなたはプレッシャーに負けずに、落ち着いているんだもの。紹介されたひとたちの名前をいちいち覚えるだなんて、それだけで頭がどうにかなりそう。そもそも、わたしの名前も覚えていないでしょう？」

「ええと……あの……」たしかに目の前の女性の名前は覚えていない。

「リサよ。リサ・アンダースン」

　ケイトはたじろいだ。「ああ、この家の奥さんの名前まで忘れちゃうだなんて。最低だわ」

　リサは笑い、料理が並べられたテーブルに向かった。「気にすることはないのよ。何十人もの名前なんて、覚えきれるものじゃないわ。わたしは一人だけ——主賓の名前だけを覚えればいいんだから、楽な話よね」

　ケイトは足を止めたが、リサはそれに気づくようすもなく、話を続けた。

「ホットドッグはまだたくさんあるようね。他のものを食べたいのなら、ポテトサラダをお勧めするわ。ヌードルはやめたほうがいいわね。さっき食べてみたけど、美味《おい》しくないのよ。いったい誰が……」リサはそこで振り返り、ケイトの表情がこわばっていることに気づいたようだった。「あら、失礼なことを言っちゃった？　もしかして、ヌードルを持ってきたのはあなた？」

「いいえ、わたしが持ってきたのはサラダよ。わたしは……自分が主賓だなんて知らなかったのよ」

「もちろん主賓はあなたよ。消防署の誰かが結婚するたびに、わたしたちはバーベキューをしているの」

　どうしても行きたい、とジェイクが言い張っていた理由が、これでようやく理解できた。「年に一度のバーベキューだ、と彼は言っていたけど」

「あなたを不安にさせたくなかったのよ。でも、消防署の男性はつぎつぎに結婚していたから、たしかに年に一度のペースでバーベキューをしていたかもしれないわね。毎回ジェイクが参加するのは、ちょっと不思議な気もするけど」

「どうして？」

「ほら、彼は二年くらい前に、放火事件の捜査部門に転属になったでしょう？　そのとき、わたしは夫に言ったのよ。ジェイクと消防署の仲間の付き合いは切れるかもしれない。彼には新しい仕事と新しい仕事ができるんだから、と」

　ケイトはそのとき初めて気がついた。ジェイクが言う〝仲間たち〟は、いまはもう彼の同僚ではないのだ。

「そういえば、わたしも放火捜査部門のひとは一人しか会ったことがないわ。あなたたちの結婚式に来ていた、トッドというひとよ。トッドも以前はジェイクと同じ消防署に勤務していたわ。というか、ジェイクが消防司令補に昇進したときに、放火捜査官に推薦したのがトッドなの。ジェイクは野心家で若いうちに出世したけど、階級が上がっても昔の友だちを粗末にしたりしないのよ」

　ケイトはうなずいた。彼が年齢のわりに高い地位に就いていることも、転属の前から消防司令補だったことも、あまり意識していなかった。

　しかし、彼が義理堅く頼りがいのある男性だということは知っていた。彼は友だちのためなら、どんなことでもするだろう。だから、彼女のためにこれだけ尽くしてくれたのだ。

「ジェイクはほんとうにいいひとだわ。だから、やっと結婚するとわかったときは、わたしも夫も心から喜んだのよ」

　ああ、自分が詐欺師みたいに思えてきたわ。いいえ、わたしは詐欺師なのよ。どんな言い訳をしても、その事実を変えることはできない。

「わたし……」

「気を悪くした？　わたし、また失礼なことを言ってしまったようね」

「いいえ、そんなことはないわ。ジェイクが結婚するタイプに見えなかったのは、間違いないことだから」

「でも彼は、〝結婚したい〟と昔から言っていたのよ」

　ケイトは身を硬くした。「そうなの？」

「ええ、もちろん。独身時代にジェイクが付き合っていた女性たちは、みんな……」適切な言葉を探しているのか、リサはそこで言いよどんだ。

　ケイトは息を凝らし、話の続きを待った。

「どう言ったらいいのかしら――」リサは顔をしかめた。「弱い子たちだったわ」

「弱い？」

「彼が消防士だからデートする、というタイプ。そういう女性がいることは、あなたも知っているでしょう？」

「消防士にヒーローみたいな憧れを抱く女性、ということ？」

リサは肩をすくめた。「そうね、そういう感じ。でも、もっとたちの悪い子もいたわ。つまり、消防士に〝救われたい〟と考える子たち」

「ああ」

「ジェイクはいいひとだから、そういうタイプの子を放っておけなかった。一般的に消防士はそういう傾向があるみたい。ヒーローとして崇拝されるのが気持ちいいからでしょうね。でも、たいていの消防士は、やがてそういう時期を卒業してしまう」

「ジェイクは違っていたの？」

「あなたに会って彼は変わったのよ」リサは満面に笑みを浮かべ、ケイトの紙皿につぎつぎに食べ物をのせはじめた。彼女は自分の言葉がケイトに衝撃を与えたことに気づいていないようだった。

〝あなたに会って彼は変わったのよ〟

ジェイクはわたしと結婚してくれた。わたしを窮地から救ってくれた。言うならばこれは、燃えさかる建物から助け出してくれたようなものだ。

彼の目から見ると、わたしは救いを求めている者だった。彼に引きつけられた他の女性たちと同じように。今回のトラブルにけりがつき、わたしが罷免の危険から解放されたとき、ジェイクは気づくはずだ。わたしはもはや助けを必要としていない、と。

そのとき、わたしたちの関係はどうなるのだろう？

彼女は心に痛みをおぼえた。だが、その理由は自分でもわからなかった。

わたしとジェイクの結婚は、ビジネスライクな契約関係にすぎなかった。決してそれ以上のものではない。

しかも、そこにはわたしが決めたルールがある。この結婚は六カ月で終わるけれど、その先に関してはわたしは何の期待も抱いていない。

でも、ほんとうにそうなの？

ジェイクの理想の女性は、わたしとは正反対のタイプらしい。でも、そんなことを気にする必要があるの？

ないわ。まったくない。

気にする必要なんてない。

でも、どうして彼は、そのことを事前に説明してくれなかったの？

12

「楽しめたかい？」ジェイクが尋ねた。

「もちろん」

二人がアンダースン夫妻の家をあとにしたのは、一時間ほど前だった。彼が何を尋ねても、ケイトの答えは簡潔だった。疲れているのだろう、と帰りの車の中では思った。だが、家に着いたあとになって、ジェイクは気づいた。何かあったのだ、と。

彼女は完全に自分の殻に閉じこもっていた。しかし、理由はまったくわからない。

「女性たちとは仲よくやっていたようだな」

「そうね」彼女が曖昧な口調で答える。

昼間のケイトは心細そうなところはあったものの、

あけっぴろげな態度でひとびとに明るく接していた。ガスレンジでミルクを温めているいまの彼女とは、まったく雰囲気が違う。

「リサはきみが気に入ったようだぞ」

ケイトは何も言わず、木のスプーンでミルクを憤然とかきまわした。ジェイクが腕を撫《な》でようとすると、彼の手を逃れようとした。

彼は苛立《いらだ》ちをおぼえ、腕組みをした。「今日のバーベキューの話は――」

「したくないわ」

くそっ、彼女はぼくと話をするつもりがない。体に触れられたくもないんだ。だが、何が問題なのかわからなかった。

ジェイクは冷蔵庫からビールを取り出した。

ビールはリビングで飲んだほうがいい、と彼の理性は告げていた。テレビのスイッチを入れ、彼女の機嫌が直るまでだらだらしていろ、と。

しかし、彼はそうすることができなかった。

ジェイクはビールをぐっと飲んだ。「腹の立つことがあるのなら、はっきり言ったらどうなんだ？　いまのきみの態度は、まるで――」

ケイトはくるりと振り返った。瞳には怒りの色があった。「わたしが腹を立てている理由が知りたいの？」

「そう言ったはずだ」

「わかったわ。わたしが怒っているのは、〝自分には結婚する意思があった〟とあなたが話してくれなかったからよ」

「何だって？」

「結婚願望があるのなら、そのことを話すべきだったわね。今日、リサから聞いて初めて知ったわ」

「いや、ぼくたちは結婚しているだろう？」

ケイトはホットミルクをマグに注ぎ込んだ。「わたしが言いたいのは、そういうことじゃないのよ。

リサが話してくれたわ。わたしたちが式を挙げる前から、結婚したいとあなたはいつも言っていた、と」

「それが何だというんだ？」

　彼女はテーブルに近づき、乱暴に椅子を引いた。

「あなたは結婚に興味がないひとだ、とわたしは信じていたのよ」

「ぼくに結婚願望があろうがなかろうが、大した違いはないはずだが」

「いいえ、大ありよ。それがわかっていたら、わたしはあなたに結婚を申し込まなかったわ」

「どうしてだ？　別にフィアンセがいたわけでもないんだぞ」

　ケイトはため息をついた。上手《うま》く説明できそうになかった。そもそも、どうしてこんな話を始めてしまったのだろう？

　実のところ、ジェイクの結婚願望の有無はあまり重要ではなかった。彼が事実の一部を伏せていたことも、それほど気にしてはいなかった。ケイトが腹を立てているのは、そんな単純な理由ではなかった。裏切られたような気分にさせられたからだ。ケイトは〝意志が強く、自立を重んじる彼女を尊敬している〟という彼の言葉を信じていた。だが、そんな〝尊敬〟に何の意味があるのだろう？　彼はそこに何の魅力も感じていないのだ。

　自分はジェイクの好みのタイプではなかった。その事実がわかったとたん、彼女の不安は高まった。それは新しい里親の家で新しい生活をゼロからスタートさせたときを思い出させた。新しい家に移るたびに、ケイトが胸に抱いていた希望は踏みにじられたのだ。しかし、そんな話はしたくなかった。「とにかく、あなたは事前に説明するべきだったのよ」

「そんなことは、そもそも思い浮かびもしなかったな。何もかもあっというまだったから。だが、それがなぜ問題なのかがよく理解できないんだが」

「これでわたしたちの結婚生活は、いままでよりさらに面倒なものになったわ」

「面倒？　きみはぼくたちの結婚生活を、そんなふうに考えていたのか？」

「あなたにとってはそうだったはずよ。無理に否定しなくてもいいわ。あなたはわたしのために、自分の人生を犠牲にしてくれた。ところが、その結果がこれよ」

　ジェイクは彼女の向かいの椅子に腰を下ろした。

「それできみは怒っているのか？　ぼくは面倒な結婚生活を余儀なくされた、ときみは考えているんだな？」

「そうよ。わたしはそれに……気づいていなかったのよ」ケイトは目を伏せた。

「ケイト、ぼくは自分の意思に反することは何ひとつしていない。きみがぼくに何かを強制したわけでもない」

　ええ、そうでしょうとも。彼はわたしを窮地から救おうとした。ヒーローになろうとした。だから、わたしが苦しんでいる理由なんて理解できないのよ。

　彼はテーブルごしに手を伸ばし、ケイトの顎に手を触れ、上を向かせた。「ぼくはきみの頼みを断ることだってできたんだ」

「いいえ、そんな可能性はなかったのよ」彼女は落胆の思いとともにため息をついた。「あなたはそんなことができるひとじゃない」

「それなら、きみはどうなんだ？　きみにとってはすべてが面倒だったはずだ。赤ん坊を身ごもったあげく、しかも免職の危機に追い込まれたじゃないか」

　赤ん坊の話が出たとたん、胸が苦しくなった。ジェイクとの結婚を〝面倒なもの〟として考えるのはつらかった。ましてや赤ん坊をそんなふうに考えるのは、とても耐えられなかった。

「おたがい現実を直視しよう。スチューとベスを助けると決めたとき、ぼくらはこんなことになるとは思っていなかったんだ」

「あなたの言うとおりね。でも、別にあなたがいちいち心配する必要は……」

「心配？」

何と言っていいのかわからなかった。いまでは心配することがケイトの仕事と言っても過言ではなかった。正しい姿勢で眠っているか？　適切な食事を摂《と》っているか？　充分なエクササイズをしているか？　しかし、何より大きな不安は、赤ん坊が生まれればジェイクはもうヒーローを演じなくていい、ということだった。彼のいない人生に耐えられるのだろうか？

そもそも、生まれてきた赤ん坊をベスとスチューに引き渡すことができるのだろうか？

気がつくと、ジェイクがこちらを凝視していた。

ケイトは口を開け、内心の恐怖を言葉にしようとした。だが、やがて口を閉じた。そんなことを打ち明けて何になるだろう？　かりにいまの気持ちを明かしても、ジェイクは彼女を助けようとするだけだ。状況を改善しようとするだろう。彼女を〝救おう〟とするのだ。

ケイトは立ち上がった。「別に気にしないで。わたしは少し疲れただけよ。そろそろベッドに入ったほうがいいみたい」

彼女はジェイクの返事を待った。しかし、彼は何も言わなかった。ケイトは彼に背を向け、自分の寝室に向かった。廊下をなかばまで進んだとき、背後からジェイクの声が聞こえた。

「ぼくのベッドを使いたまえ。きみはあのベッドのほうがよく眠れるはずだ」

ケイトは胸が締め付けられるような痛みに襲われた。ジェイクの心を占めているのは、彼女の女性としての魅力ではなく、彼女がぐっすり眠ることなのだ。

「ありがとう。でも、わたしは自分の部屋で寝るわ」

振り返ると、キッチンの出入口にジェイクの姿が見えた。彼は目を伏せていた。

彼女の言葉がジェイクを傷つけてしまったような気がした。彼はいつになく弱々しく見えた。

「ありがとう」ケイトは同じ言葉を繰り返すと、踵《きびす》を返し、自分の部屋に逃げ込んだ。

13

月曜の朝、ケイトが目を覚ますと、キッチンテーブルにはジェイクの書き置きがあった。そこには、〝夜中に仕事の呼び出しがあった。だが、きみを起こしたくなかった〟とだけ書いてあった。彼女はほっとした。昨夜あんな会話を交わしただけに、どんな顔でジェイクに向き合えばいいのか、わからなかったからだった。

翌日も同じことが起きた。しかし、書き置きはなかった。

三日目も同じパターンだった。恐怖と不安を堰《せ》き止《と》めていたダムが決壊した。彼は仕事をしているだけだ、という自己暗示も押し流されてしまった。

疑いが頭の中を駆けめぐる。だが、ケイトはそんな自分の心の弱さが嫌いだった。彼女はもっと賢明な女性であるはずだ。少なくとも、いままではそう信じていたのだ。

しかし、いま彼女は真実に直面し、自分自身に失望していた。

ジェイクが彼女を避けるように、彼女も姉を避けていた。だが、いつまでもそんなまねを続けるわけにはいかない。

ベスと話し合わなければ。

木曜日、仕事を終えたケイトは、自宅ではなくベスとスチューが暮らす街区に向かった。

家に入ると、ベスはキッチンで野菜を刻んでいた。

ケイトの足音を聞きつけたのか、ベスは視線を上げた。妹を目にしたとたん、その顔に明るい笑みが浮かんだ。彼女はケイトに駆け寄り、しっかりと抱きしめた。だが、笑顔はすぐに困惑の表情に変わった。「最近、あなたはわたしを避けてるわね？」

「仕事が忙しくて――」

「それはいつものことでしょう。でも、こんなに長いあいだ顔を出さなかったことは、いままで一度もなかった。ジェイクから定期的に連絡が入っていなかったら、わたしは正気を失っていたはずよ」

「ジェイクから連絡が入っていた？　彼は……わたしのことを姉さんに話していたの？」

「結婚式から二週間たったころ、あなたに避けられていることに気づいたから、ジェイクに報告を頼んだのよ」

責めるような口調ではなかった。にもかかわらず、罪悪感がケイトの胸を刺した。「ごめんなさい。ちょっと事情が……」

「込み入ってた？」ベスは再び野菜を刻みはじめた。

「ええ、そうね」

ケイトは姉を見つめた。もともと温和な性格だったベスは、妊娠後はいっそう穏やかな雰囲気を漂わせていた。やはりベスは、妊娠することや母親になることに向いている女性なのだ。

それに比べるとわたしはまるでだめだわ、とケイトは思った。姉に嫉妬している自分自身に腹が立った。

ケイトはスーツのジャケットを脱ぎ、椅子の背にかけると、説明を始めた。「実は――」

「無理に話さなくてもいいのよ。あなたがわたしを避けるのも当然だわ。わたしに腹を立てていたとしても、責めることはできないんだから」

「怒っているわけじゃないわ」

「いいえ、怒っているはずよ。あなたはわたしとスチューのせいで、つらい目に遭っているんだもの。少しくらい怒っても当然だわ」

ケイトはベスを見上げた。姉の顔に苛立《いらだ》ちや不満の色はなかった。だが、そのせいでいっそう気持ちは落ち込んだ。

「たしかに、少し怒っていたような気がするわ」

ベスは声をあげて笑った。「どうやら、正しい方向に一歩だけ足を踏み出せたようね」

ケイトは眉を上げた。「一歩だけ？」

「自分に正直になりなさい、ケイト。あなたはスチューとわたしのために妊娠して、一年近く人生を犠牲にすることになった。そのうえ、赤の他人も同様の男性と結婚する羽目になった。しかも、そのすべてが不必要だったことがあとになってわかった。怒って当然だわ」

ベスは包丁を置き、吐息を漏らした。

「わたしの対処も悪かったから、状況はさらに悪化してしまった。妊娠がわかったとき、わたしは有頂天になって、あなたが難しい立場に立たされたことに気づかなかったのよ。わたしとスチューにとっての夢が、あなたにとっては悪夢だということを忘れていたんだわ」

「悪夢というのは違うと思う。だって、悪いことばかりじゃないわけだし」

ここ数カ月、ケイトはすばらしい経験を重ねてきた。赤ん坊が胎内で動いたときの感動。超音波検査の映像を目にしたときの興奮。ジェイクとの生活。彼と体を密着させて眠ったこと。腹部に触れる彼のてのひらの感触。そのすべては、彼女がベスとスチューの代理母になったからこそ、経験できたことなのだ。

それを考えれば、ベスを嫌いになれるはずがないし、赤ん坊を邪魔者扱いできるはずがない。

ケイトは赤ん坊が好きだった。赤ん坊を産んで後悔することは絶対にないはずだ。

「いろいろとトラブルはあったけど、そんなに悪い経験じゃなかったわよ」

「それを聞いて安心したわ」ベスは微笑《ほほえ》んだ。それは喜びに満ちた笑顔だった。「それで、職場のほうは？　まずいことにはなっていない？」

ケイトは自分の腹部を撫《な》でた。マタニティ・パンツを穿《は》き、ブラウスの裾を腰にだらりと垂らしているのだが、迫《せ》り出《だ》した腹部はさすがにごまかしきれなかった。「一人くらいに気づかれたけど、まだ正式に職場には知らせてはいないわ」

「気づいたひとたちの反応はどうなの？」

「いまのところ好意的だし、応援してもらっているわよ」

「ハッチャー判事は？」

「ハッチャーは選挙活動で忙しいから、わたしのことなんて眼中にないわ。あいかわらずマケイン裁判を狙っているけど、開廷は来週だからいまはまだ様子見ね」

皮肉な話だが、マケイン裁判に対する彼女の興味は低下していた。いや、仕事に対する情熱自体が乏しくなっていた。つい数カ月前までは、あれほど重要だったというのに。いまの彼女にとって仕事は……単なる仕事だった。

　もちろん真剣に取り組んでいたが、もはやそれは人生の中心ではなかった。いまの彼女に重要なのは赤ん坊とジェイクだった。

　だからこそ、彼女は姉の家に来たのだ。ジェイクとの件を説明しはじめると、ベスは無言で耳を傾けた。

　話が終わると、ベスは言った。「彼に避けられているような気がする、ということね」

「ジェイクは、一日十八時間働いていることになるわ。そんなことってあり得る？」

「あなたはときどきそれくらい働いていたわよ」

「わかっているわ。でも……自分はどこで間違えたんだろう、とどうしても考えてしまうの。わたしがすべてを台無しにしたんじゃないか、と」

「あなたのせいじゃないと思うけど。だってジェイクは――」

「ええ、わかっている。彼はほんとうにいいひとよね。でも、そこが問題なのよ」

「ケイト、あなたはわたしの妹よ。わたしは心からあなたのことを愛しているわ。だから、どうか誤解しないで聞いてほしいの。あなたはいつも自立を重んじていた。子供のころでさえ、他人を必要としなかったわ」

「そんなことはないけど」

「いいえ、そうだったわ。たしかにそれはあなたの長所よ。だけど……」

「だけど？」

「あなたのそういうところは、他人に少し圧迫感を与えるのよ。あなたのせいでわたしはいつも……何と言ったらいいのかしら？　自分の弱さを思い知らされていたのよ」

ケイトは胸に痛みをおぼえ、腕を伸ばし、姉の手を握りしめた。「姉さんは弱くなんかないわ。むしろ誰よりも愛情深くて、誰よりも心の広いひとだわ」

「ありがとう。あなたが助言を求めてここに来てくれて嬉《うれ》しいわ。頼りになる姉になりたい、とわたしはずっと思っていたから」

ケイトは眉を上げた。「頼りになる姉？」

「ええ、そうよ。あなたは子供のころから独立心が旺盛だったから、そういう役割を果たすチャンスがなかったの。わたしはいろいろなひとの面倒を見てきたけれど、あなたの面倒だけは見ることができなかった。それが残念だったのよ」

「何と言っていいのかわからないけど……ごめんなさい」

「別に何も言わなくてもいいの。ただ、いまわたしが言ったことは心に留めておいて。誰かに面倒を見てもらうのは、かならずしも悪いことじゃないし、弱さを暴露することでもない。むしろ、人間関係のバランスを取ることなのよ」

ベスの家を出たあとも、ケイトの心は晴れなかった。ジェイクとの問題が解決しなかったからだ。それでも、彼女と姉の関係は根本的に変わってしまったような気がする。

姉は彼女の面倒を見たいと思っていたのだ。まったく気がつかなかった。ケイトは自立を重んじるあまり、他人との関わりを遮断していたのだろう。

自分は別に冷淡な人間ではない、と彼女は考えていた。みずからを守るために、他人と距離を取っていただけなのだ。里子に出されてからしばらくは、彼女も里親の愛情を求めていた。だが、やがて気がついた。それが無理だということに。抱擁や愛撫《あいぶ》やプレゼントは、ベスのような子供――つぶらな瞳とカールした髪を持つ少女だけに与えられるものなのだ。

ベスだけを里子として受け入れることは認めない、と裁判所に通告され、やむなくケイトを引き取った里親もいたくらいだった。

頼れる者は自分だけだ、という現実をケイトは幼いうちに学んだ。それが彼女の出発点だったのだ。独立心は自分を守るための手段だった。そしてケイトはいま、独立心の代償が何であるかを思い知らされていた。

14

自分を弱い人間だと思ったことはなかった。そんな目でジェイクを見る者もいないだろう。だが、ケイトを前にすると、自分の弱さを意識せざるを得なかった。

ケイトは彼が自信を持って下した判断に疑問を投げかけた。彼が決して手に入らないものを望むようになったのも、ケイトのせいだった。決して手に入らないもの――それは彼女自身であり、二人のあいだにできた子供だった。

単なる欲望以外の理由で女性を欲しいと思ったのは、生まれて初めてだった。彼女の愛が欲しかった。信頼が欲しかった。

しかし、彼女はジェイクを信じていなかった。あの夜、誰とも関係を持っていないと誓ったにもかかわらず、彼女は避妊具に手を伸ばしたのだ。

ハッチャーが州最高裁判事に当選し、罷免の危険が回避された瞬間に、ケイトは離婚届を提出するだろう。二人で過ごした日々など、彼女にとっては何の意味もないのだ。

この結婚が期間限定の契約にすぎないことは、最初からわかっていた。だが、その後状況が変わったはずだ。

ケイトとベッドをともにした瞬間に、すべてが変わってしまったはずなのだ。

彼女を納得させなくてはならない。ぼくが信頼に値する男だということを、証明しなくてはならないのだ。

月曜日、ジェイクはそんなプランを抱えて朝早くに家を出た。出勤の途中、病院に寄った。しかし、検査の遅れにより結果はまだ出ていなかった。あと三日待たねばならなかった。

そして木曜日の午後、彼は健康証明書を手に入れた。これで彼女も信頼してくれるはずだ。

午後五時半になってもケイトは帰宅しなかったが、特に心配はしなかった。五時に仕事が終わらなかったのかもしれない。渋滞に巻き込まれた可能性もある。だが、時計が七時半を示すころには、彼は玄関ホールを歩きまわっていた。たしかに昔のケイトは残業をしていた。しかし、これはどう考えてもおかしい。何度連絡しても、彼女は携帯電話に出なかった。

九時半、ジェイクはキッチンの椅子に座り込んでいた。

玄関のドアが開いたのは、十時十分前のことだった。恐怖、不安、怒り——もはや自分が抱えている感情が何なのか、わからなくなっていた。

ケイトは家に入ると、彼に視線を向けた。「家にいたのね」驚いたような口調だった。

「遅いお帰りだな」ジェイクはかろうじて声を絞り出した。

彼女は眉間にしわを寄せた。

「ベスとスチューの三人で夕食を食べていたのよ」

「電話くらいするべきだったな」彼は苛立《いらだ》ちをあらわにして言った。

ケイトはたちまち険しい表情を浮かべた。

「家に電話するはずがないでしょう。あなたはいないと思っていたんだから」

ジェイクの頭の中で警報ベルが鳴り響いた。だが、胸中で荒れ狂う感情はあまりにも激しく、黙っていることができなかった。

「それでも電話はするべきだった」

「あなたも家には電話しなかったはずよ」ケイトは腕組みをし、鋭い視線で彼を見た。

「ぼくは仕事をしていたんだ。それに、きみはぼくが遅くなることを知っていた」

どうしてぼくはこんな話をしているんだ？　ぼくの望みは彼女を抱きしめ、キスをすることだというのに？

「ええ、そうだったわね」ケイトは皮肉に満ちた口調で言った。「あなたは月曜日に〝遅くなる〟という書き置きを残して、それから三日連続で深夜すぎに帰ってきたのよね」

ジェイクは頭を抱えた。「今夜はきみとこんな話をするつもりじゃなかったんだ」

「それなら、どんな話をするつもりだったの？　どうせ何か文句が言いたかったんでしょう？　でも、今夜はそういうのはやめにしてもらえるかしら」

ケイトはそれだけ言うと、身を翻し、自分の寝室に向かった。

罪悪感が彼の胸を刺す。どうしてこんなことになってしまったんだ？

自分でもわけがわからなかった。ひとつだけわかっているのは、ケイトをこのまま部屋に行かせてはならない、ということだった。

彼は廊下でケイトに追いついた。「待ってくれ」

彼の口調から絶望を感じ取ったのか、それとも口論を続けることに疲れてしまったのか、ケイトは足を止めた。

彼女はジェイクと目を合わそうとしなかった。

「あんなことを言うつもりじゃなかった。とにかく、きみが心配だったんだ」

ケイトは彼に顔を向けた。表情は少しやわらいでいたが、声からは怒りが感じられた。「あなたに心配してもらう必要はないわ。自分の面倒くらい自分で見られるから」

「それはわかっている」それでも、彼女を守りたい、自分のものにしたい、という衝動は強烈だった。

しかし、その思いはあえて口に出さなかった。彼女は自立を重んじる強い女性だ。そんな時代錯誤な台詞《せりふ》を言われて喜ぶはずがない。

ジェイクは話題を変えることにした。「月曜日に病院に行った」

「病院？」ケイトは懸念の表情を見せた。「どうして？　どこか悪いの？」

ジェイクは検査結果のプリントアウトをポケットから引っ張り出し、彼女に突きつけた。

「意味がわからないわ」

「何もかもチェックした。何も問題はなかったよ」

ケイトは紙を受け取ったが、そこに視線を向けようともしなかった。「わたしのためにこんなことをしたの？」

「きみに信頼してもらいたかった。嘘《うそ》をついていないことを証明したかったんだ」

「どうして？」

「きみに信じてもらいたかったのさ。ぼくは――」

「やめて」彼女は首を左右に振った。「そんなことがあなたにとって何の意味があるの？」

「ぼくはきみを大切に思っているんだ」彼はケイトの手の中の紙片を身ぶりで示した。「結果を確認しないのか？」

ケイトは折り畳まれたプリントアウトを開き、視線を走らせた。しかし、内容は断片的にしか頭に入ってこない。ジェイクの言葉を借りれば、彼の健康状態に〝問題はない〟ようだった。

だが、いまはジェイクの先ほどの言葉以外、何も考えられなかった。〝ぼくはきみを大切に思っている〟〝きみに信じてもらいたかった〟

ベスの言葉が脳裏に甦《よみがえ》る。彼女は独立心が強すぎるのだ。

わたしはいままで自分だけを信じて生きてきた。いまさら自分以外の誰かを信じられるだろうか？　しかし、少なくとも一度は試してみるべきではないだろうか？

プリントアウトを畳み直し、彼に手渡す。「わかったわ」

「わかった？」

ケイトはうなずいた。「ええ。あなたを信頼してみるわ」

できるものなら、〝あなたを信頼してみる〟よりももっと前向きなことを口にしたかった。だが、ジェイクはいまの返答で納得したようだった。彼の顔に期待に満ちた笑みが浮かぶ。

彼はケイトを抱き寄せた。彼女の体に欲望が兆す。しかし、そこには恐怖もひそんでいた。彼女は新しい一歩を踏み出そうとしている。その先には数多くの落とし穴があるはずだ。だが、ケイトは恐怖を振り払った。

〝あなたを信頼してみる〟と彼女は言ったのだ。それを実行に移すことは不可能ではないはずだ。

枕に染みついたケイトの匂いを鼻に感じながら、ジェイクは目を覚ました。バスルームからはシャワーの音が聞こえてくる。

ベッドに身を横たえたまま、昨夜のことを思い返す。それだけで下腹部が欲望をあらわにした。胸の頂を吸うと、彼女はうめき声をあげた。彼女の肌は甘くスパイシーな味がした。ケイトは巧妙な技巧で彼を絶頂に導き、何度も何度も彼の名を呼んだのだ。

ベッドでの営みは最高だった。しかし、それ以上にジェイクの心を揺さぶったのは、彼女が〝あなたを信頼してみる〟と言ってくれたことだった。

ケイトは彼の心を引きつける。他の女性にこんな感情を抱いたことは一度もなかった。ケイトが彼の子供の母親だからだろうか？　いや、そんな理由ではないはずだ。

ケイトと夜をともにしたい。彼女を守りたい。彼女のそばにいたい——この狂おしい衝動が何なのかは、ジェイク自身にも理解できなかった。

ベッドを出てバスルームに向かう。中に入るとケイトの鼻歌が聞こえた。あたりは湯気が立ち込め、彼女のシャワージェルのラベンダーの香りが漂っていた。

彼は以前自分が、バブルバスに身を浸す彼女の姿を想像したことを思い出した。濡《ぬ》れて火照った裸身。泡の隙間から覗《のぞ》く胸の頂。

子供が生まれたら、バスタブの中で彼女と体を重ねよう、とジェイクは思った。だが、いまはシャワーだけでまったく問題はない。

彼はボクサーショーツを脱ぎ、シャワーカーテンを開けた。ケイトは目を丸くしたが、彼が降り注ぐ湯の中に足を踏み入れると、口もとに笑みを浮かべた。

彼女の髪はシャンプーの泡にまみれ、肌と睫毛《まつげ》には水滴が付いていた。肌の白さとは裏腹に胸の頂は暗紅色だ。ヒップは豊かで、妊娠しているにもかかわらずウエストは驚くほどほっそりとしていた。

ジェイクは欲望がさらに高ぶるのを感じた。そのとき彼は、ケイトの裸身をまともに目にするのはこれが初めてであることに気づいた。いままでは夜の薄暗がりの中でしか見たことがなかったのだ。

彼女の爛熟《らんじゅく》した裸身を眺めているうちに、誇らしい気持ちがわき上がった。しかし、気がつくとケイトの体はこわばり、顔からは笑みが消えていた。

「信じてもらえないかもしれないけれど、妊娠する前は体を鍛えていたのよ」

ジェイクは思わず笑いをこらえた。どうやらケイトは、自分のいまの体型を恥じているらしい。こんなにも美しい体だというのに。

二人のあいだの距離を詰め、彼女の瞳を覗き込む。

「どんな女性もいまのきみほど美しくない」

「ええ、そうでしょうとも。いまのわたしは完璧よね。お尻は大きいし、お腹《なか》は突きだしているし――」

ジェイクは彼女にキスをし、その言葉を遮った。ケイトは不安を感じているのかもしれない。だとしても、彼の唇の下でケイトの唇は溶けていった。迫《せ》り出《だ》した腹部が欲望のあかしをかすめ、悦楽が彼の体を駆け抜ける。

ジェイクは抱擁を解いた。自分の言葉が嘘ではないことを、彼女に信じてもらうためだった。

「ぼくを信頼する、ときみは言ったはずだぞ」

ケイトはためらい、そしてうなずいた。「そうね」

「それなら、ぼくを疑わないでくれ。きみに嘘をついたりしない」

ジェイクは彼女の腹部をそっと撫《な》で下《お》ろした。

「きみには想像もつかないだろうな。きみの姿を見て、ぼくがどれほど興奮しているのかが。きみを目にすると思うんだ。このお腹にいるのはぼくの子供だ、と……ぼくにとってそれは、何よりもエロチックなことなんだ」

ケイトの口もとに、ためらいがちな笑みが浮かんだ。それはセクシーな笑みでもあった。

ジェイクはもう一度彼女を抱き寄せ、自分の言葉に嘘がないことを愛撫《あいぶ》で証明しようとした。溜まりに溜まった感情を込めてキスをした。

シャンプーにまみれた髪を撫で、泡だらけの肩に触れる。背中からヒップのふくらみへと手を滑らせる。

ケイトは頭を後ろに傾け、喉もとをさらけ出した。彼女の肌は熱く湿っていた。この首筋ならいつまでもキスをしていられる、とジェイクは思った。唇で彼女の脈動を感じ取る。彼の名を呼ぶケイトの声を耳にし、シルクのような肌を撫でまわす。

この瞬間が永遠に続いてほしかった。これを記憶に刻み込みたかった。彼女を自分のものにしたかった。ケイトの中に入り、自分自身を彼女の内側に深く沈めたかった。

ジェイクの手が彼女の下腹部に移動し、指が両脚のあいだに忍び込む。

ケイトがみずから脚を開くと、彼はもっとも敏感な部分を探り当てた。親指でそれを刺激し、中指を彼女の内部に埋め込む。彼女は低くうめいた。親指を動かすたびに、彼女の中で快楽がふくれ上がる。

ケイトが裸身を震わせて絶頂に達すると、ジェイクは彼女を抱きしめた。

おののきが収まると、彼はささやいた。「きみの中に入りたい」

「入って」ケイトは喘《あえ》いだ。「いますぐに」

ジェイクはシャワーを止めようとした。ベッドには数分で行けるはずだ。しかし、ケイトは彼に背を向け、頭を低くすると、両手を壁に突いた。

　こんな誘惑に抵抗できるはずがなかった。ケイトの脚に触れ、両膝の間隔を広くさせると、彼女の中に入った。二人は同時にうめき声を漏らした。

　快感があまりにも強烈だったため、最初は動くこともできなかった。ケイトが背中をそらせ、さらに進むよう促す。ジェイクはケイトのもっとも敏感な部分を指で触れながら、彼女に何度も体をぶつけた。ケイトが彼を包み込み、刺激し、悦楽を与える。それは、他の女性では一度も味わったことのない喜びだった。

　他の女性を一度も思い出さなかったと言えば嘘になる。だが、ケイトと体を重ねているときは別だ。彼女のこと以外何も考えられなかった。二人のリズムに合わせて彼女の背中に降り注ぐ湯。ジェイクを狂乱させる彼女のヒップの動き。彼を締め付ける彼女の感触。彼は頂点を極めた。

　すべてが終わったあと、ジェイクは震えていた。感動していた。

　彼はまだ満足していなかった。

　ケイトが相手なら、永遠に満足することはないのだ。

15

それからほぼ一週間、二人は毎晩同じベッドで眠った。

ジェイクはケイトから信頼を勝ち取ることを望んでいた。彼女はジェイクをある程度までは信じていた。彼はお腹《なか》の子を傷つけるようなまねはしない。彼女を傷つけるようなまねもしない。彼女のそばにいたい、と心から願っている。

しかし、ケイトは知っていた。欲望や愛情がどれほどはかないものであるかを。四カ月後に子供が生まれれば、ベスとスチューがその子を養子として引き取り、すべてが終わりを迎える。

そのとき、わたしはどうなるのだろう？

以前の生活に戻るのだ。一人だけの暮らしに。自立した人生に。誰とも深い関わりを持たない、失望や苦しみとは無縁の日々に。それが自分の求めていた生き方だ、と以前は信じていた。だが、いまはたまらなく孤独な生き方のように思えてきた。

わたしはいまお腹の中で子供を育てている。こんな経験をしたあとで、もとの暮らしに戻れるの？ しかもわたしは、ジェイクに背中を預けて眠る喜びまで知ってしまったのだ。

やがてケイトは、月曜日に控えたマケイン裁判のことを考えた。マケイン夫妻は長いあいだジョージタウンの住人から、理想的なカップルと思われてきた。あらゆる点においてお似合いの二人だ、と。自分たちの結婚生活の結末が泥沼の離婚裁判だとは、夫妻は夢にも思っていなかったはずだ。誰にとっても予想外の展開だった。

考えているうちに気持ちが沈んできた。ジェイクの心地よい抱擁さえも、息が詰まるように感じられる。

彼の腕からそっと抜け出そうとした。しかし、腹が重く思いどおりに動けない。ベッドを出る前に彼が目を覚ましてしまった。

「どうしたんだ？」ジェイクがひじを突いて体を起こす。

「ちょっと……」何と答えればいいの？〝一人きりでじっくり考えたかった〟？〝あなたとの未来が不安すぎる〟？やがてケイトはぎこちない口調で言った。「……ミルクを飲もうと思って」

「喉が渇いているのか？」

「ええ」

ジェイクは体を転がしてベッドを出た。「ぼくが持ってくるよ」

ケイトが追いかけようとすると、ジェイクは彼女を制止した。

「きみはここにいてくれ。すぐに戻るから」ケイトが抗議するよりも早くジェイクは彼女の背中に枕をあてがい、体を起こしやすくした。「ミルクの他に何か欲しいものは？」

あなたの愛が欲しい、とケイトは言いそうになった。

ああ、まるでばかげている。どうしてそんなことを考えたりしたの？

「ミルクだけでいいわ」

ジェイクが部屋を出ていくと、憂鬱な気分になった。枕に背中をもたせかけ、両手で顔を覆う。

「あなたの愛が欲しい」彼女は声に出して言ってみた。

ああ、わたしは最低だわ。

彼に愛されたいと思っているわけじゃない。そうでしょう？

そもそも、彼はわたしを愛していない。

それなら、わたしは？

この問題をじっくり考えたことはなかった。そう、一度もなかったのだ。

「お待たせ」

顔から手を離し、まぶたを開ける。目の前にはミルクのグラスを持ったジェイクが立っていた。「ありがとう」

彼はグラスを手渡すと、ケイトのかたわらに腰を下ろした。「何かあったのか？」彼女の腕を撫《な》でながら尋ねる。

ケイトは震えた。グラスを置いて、彼の愛撫《あいぶ》に身をゆだねたかった。彼と体を重ね、すべてを頭から追い払いたかった。だが、そんなまねはできなかった。

結局、彼女は視線を逸《そ》らしただけだった。「わたしがいなければ、あなたはもっと楽な人生が送れていたでしょうね」

キッチンから戻ったばかりだったため、寝室の暗闇にはまだ目が慣れておらず、ケイトの表情を読み取ることはできなかった。しかし、彼女の口調はどこかおかしかった。

ケイトという女性の複雑さを、あらためて思い知らされたような気がする。

とことんタフかと思えば、ひどく傷つきやすい。

ケイトに話したいことはいくらでもあった。だが、いまの彼女は聞く耳を持たないだろう。

ジェイクは無難な台詞《せりふ》を口にした。「だがきみがいなければ、ぼくは父親になれなかった」

「この子を引き取るつもりなの？」

「かりに子供をベスとスチューに引き渡したとしても、ぼくが父親であることに変わりはない、という意味さ。スチューたちが引き取ったあとも、この子はぼくの人生の一部だ。きみにとってもそうだろう？」

「〝かりに〟？　つまり、引き取るかもしれない、ということ？」

「こんな話を出したのは、きみも同じことを考えていたからだろう？」

「それは……」ケイトは顔をしかめ、彼の愛撫から逃れた。「わたしに何を言わせたいの？　実は心のどこかで子供を引き取りたいと思っている、とか？　ええ、もちろんそう思っているわ。でも、ベスとスチューのほうが、わたしよりいい親になることはわかっているのよ」

「それは違うと思う」

　彼女は苛立《いらだ》ちをおぼえ、ベッドを出て立ち上がった。「親はわたし一人より、二人いるほうがいいに決まっているわ」

　ジェイクも腰を上げ、彼女の体に腕をまわした。

「だが、ぼくたちも二人だ」

「あなたは何を言っているの？」

　ぼくは何を言っているんだ？　彼女と二人で生きていきたい、と言いたいのか？

　そうだ、それがぼくの望みだ。だが、彼女はどう思っているんだ？

　いい加減にしろ、ジェイク・モーガン。このゲームを進めるのなら、その代償を支払うべきなんだ。

「このまま結婚生活を続けよう。ぼくたち二人で子供を育てるんだ」

　ケイトが息をのんだ。彼の提案を考慮しているようにも感じられた。やがて彼女は首を横に振り、ジェイクの腕を振りほどいた。「ああ、ジェイク。わたし、どうしていいのかわからないのよ」

　ジェイクは落胆に襲われた。だが、ぼくが望んでいたのは何だったんだ？　少なくとも、ケイトからの愛の告白ではなかったはずだ。

　とはいえ、彼女はノーとは言っていない。つまり、説得のチャンスはあるということだ。

「何がわからないというんだ?」ケイトの顔を両手で包み込む。「ぼくたちは二人は上手《うま》くいっているじゃないか」

「そうね。でも、それはベッドの――」

「いや、ベッドの中だけの話じゃない。毎日の生活だって上手くいっていた。ぼくはきみを愛している。きみのお腹の子供も愛しているんだ」

ケイトは彼に背中を向けた。しかし、直前に瞳の中で何かが揺らめいた。その瞬間、勝利への道筋が見えた。

「聞いてくれ、ケイティ。きみもこの子を愛している。それは否定できないはずだ。きみのお腹の子はぼくたちの子供だ。ぼくたちは家族になれるはずなんだ」

防御を固めるかのように、彼女は体をこわばらせた。だが、やがて緊張を解き、ジェイクの体に背中をもたせかけた。

「わかったわ」沈黙のすえにケイトはささやいた。「何とかやってみましょう」

ジェイクは彼女を背後から抱きしめ、胸もとに腕をまわした。いっぽうの手の下には脈打つ心臓。もういっぽうの下には彼とケイトの子供……彼はケイトから結婚の同意を得たのだ。

この場面でこんなカードは使いたくなかった。こんなふうに彼女を手玉に取りたくなかった。だが、絶対に彼女を失いたくなかった。

その日は、ケイトのキャリアでもっとも重要な離婚裁判の初日だった。にもかかわらず、彼女はジェイクのことしか考えられなかった。

ジェイクのような男性が――ひとびとを救い、ヒーローとしてもてはやされる人物が、わたしみたいな女を愛したりするものなの? わたしはどんなことがあっても助けを求めない人間なのよ。

結婚の継続に同意したのは、愚かと言うよりほかない。しかし、ジェイクとともに暮らす未来のイメージはあまりにも魅惑的だ。拒絶できるはずがなかった。

鮮やかに頭に思い描くことができた。ジェイクと朝から愛を交わす土曜日。キッチンテーブルで二人でコーヒーを飲む日曜日。彼の膝の上でワッフルを齧《かじ》る亜麻色の髪の子供。

ケイトはオフィスを出て法廷に向かうところだった。脳内の未来図に思わず笑みが浮かぶ。そのとき、激痛の最初の波が押し寄せてきた。

慌てて壁に手を突き、体を支える。もういっぽうの手を胃のあたりにあてがう。腹部は異様に硬かった。筋肉が張り詰め、痙攣《けいれん》している。

痛みは永遠に続くかと思われた。苦しみが通り過ぎることを祈りながら――これが危険な兆候ではないことを祈りながら、ケイトは喘《あえ》ぎつづけだ。

痛みが治まると、壁に背中をもたせかけ、何とか呼吸を整えようとした。やがていつもの息遣いを取り戻したが、体がまったく動かなかった。

心臓は高鳴っていた。恐怖に打ちのめされそうになった。何かがおかしい。何か危険なことが起きている。

ケイトは振り返り、廊下の先の自分のオフィスに視線を向けた。オフィスにはソファがある。横になれるし、水も飲める。ジェイクに電話がかけられる。彼が何とかしてくれるはずだ。

そのとき、理性が彼女を嘲笑した。

そうね、電話すれば彼は飛んでくる。でも、水を飲ませること以外に彼に何ができるというの？

ケイトは廊下の反対側に視線を転じた。二つ先のドアが法廷の入口だ。マケイン裁判はそこで開かれる。たくさんのひとびとが彼女を待っているのだ。

あと二十メートル歩けばいい。法廷に入れば、向こう四時間は座っていられる。水も好きなだけ飲める。

彼女が決心を固めたとき、廊下の角を曲がってケヴィンが現れた。壁にもたれる彼女の姿に気づくと、大急ぎで駆け寄った。「どうしたんだ？」

ケイトは壁から離れてまっすぐに体を起こそうとした。

「何でもないの」彼女は言った。しかし、その声は張り詰めていた。ケヴィンも彼女の言葉を信じていないようだった。

「壁に寄りかかってぜいぜい喘いでいるくせに、〝何でもない〟と言い張るのか？　ケイト、何があったんだ？」

心配そうなケヴィンの口調が彼女の心に触れた。泣きそうになったが、まばたきを繰り返して涙をこらえた。泣きたくなかった。弱さを見せたくなかった。

「ちょっと……」適切な言葉を探す。体調が悪いことは――いますぐジェイクに来てもらいたいことは、どうしても認めたくなかった。「張りがあるの。お腹のあたりに。呼吸を整えたかったのよ」

ケヴィンは眉間にしわを刻み、彼女の顔を凝視している。「張りがある？　それは女性が陣痛のときに言う台詞じゃないのか？」

ああ、まさかそんな。

「わからないわ。どうしてそんなことを知っているの？」

「姉が二人、甥《おい》と姪《めい》が合わせて五人いるからさ」彼はケイトの背中に手をまわした。「きみのオフィスに戻ろう。医者を呼ぶから、きみはソファで横になるといい」

「でも、裁判が――」

「ケイト、それはだめだ」ケヴィンは彼女をオフィスに導きながら言った。「裁判は延期できる」

「そんな――」

「意地を張るのも大概にしたまえ。いまはお腹の子が何よりも大切だ」

ケヴィンの言うとおりだった。彼女はケヴィンに連れられて廊下を歩き、オフィスに戻った。

「担当の先生の番号は？」彼が携帯電話を取り出して尋ねる。

彼女は番号を告げると、くたびれた革張りのソファに近づいた。腰を下ろした瞬間、また激痛の波が広がった。反射的にソファに身を横たえ、背中を丸め、両手で腹部を押さえる。

ケヴィンが彼女のかたわらに屈《かが》み込《こ》んだ。「いつごろから痛みはじめたんだ？」

「わからないわ。いま何時なの？」

「九時八分」

「それなら、十分くらい前だと思う」

「たぶん大丈夫だと思うが、念のためにぼくが病院まで連れていく」

ケイトは抗議しようとした。しかし、他人に頼ることも必要だ、というベスのアドバイスを思い出した。

それに、ケヴィンの言っていることは正しい。お腹の子供が何よりも大切なのだ。自分のプライドなど大した問題ではない。

「わたしのバッグとブリーフケースは、デスクのいちばん下の引き出しの中よ。出しておいてもらえる？　それから、わたしの秘書に事情を説明しておいて」

「わかった。ほかにぼくにできることは？」

「ジェイクに電話して、病院に来るように伝えてちょうだい」

16

激しい胸の鼓動と喉を締め付ける恐怖を感じながら、ジェイクは病院に駆けつけた。

九時間も遅れてしまった。

産科病棟を目ざして走る彼の胸は、罪悪感で張り裂けそうだった。助けが必要なときはすぐに駆けつける、と約束したはずだ。彼女はぼくを信頼しはじめていた。ところが、こんなことが起こるだなんて。

ケイトはぼくを必要としていた。それなのに、ぼくはどこで何をしていた？　郡の隅っこで仕事をしていたんだ。携帯電話の圏外で。

いちばん遅く病院に着いたのは、やはりジェイクだった。ケイトの病室にはすでにベスとスチューがいた。しかし、ケイトの姿は見当たらなかった。

「ケイトはどこにいるんだ？」ジェイクは半狂乱で尋ねた。

ベスはベッド脇の椅子に座ったまま眠っていた。スチューが彼に近づき、バスルームを身ぶりで示した。「いまシャワーを浴びている。なかなか緊張がほぐれないようなんだ」

「彼女は……」喉が詰まり、彼は咳払《せきばら》いをした。留守番電話のメッセージを聞いたときから、すでに一時間近くが経過している。「彼女は大丈夫なのか？」

スチューはうなずいた。「すぐによくなる、と医者は言っていた。赤ん坊にも問題はないそうだ。それで、きみはいままでどこにいたんだ？」

「今日は一日中携帯電話の圏外にいたんだ。留守番電話のメッセージを聞いたあと、すぐにケイトに電話したんだが――」

「看護師の指示で携帯の電源を切っていたんだ。いずれにせよ、きみがここに来てくれたわけだから、ぼくはベスを連れて家に戻る。今日は長い一日だったからな」

　数分後、スチューはベスとともに病室を出ていった。ジェイクに向けられたベスの視線は、夫よりも厳しかった。ぼくがここに来たことを知ったら、ケイトはいったいどんな態度を見せるのだろう？　ジェイクには見当もつかなかった。

　だが、そんなことはどうでもよかった。彼女も赤ん坊も無事だったのだ。ケイトは怒り狂い、物を投げつけてくるかもしれない。しかし、それも甘んじて受け入れるしかない。

　数分後、バスルームのドアが開く音が聞こえた。振り返ると、ドアの向こうにバスローブ姿のケイトがいた。洗い髪は結い上げていたが、ひとふさだけ首筋に垂れている。

　彼女を目にした瞬間、ジェイクの中で何かが砕け散った。ケイトに近づき、しっかりと抱き寄せる。

「ああ、死ぬほど心配したんだぞ」彼女にキスし、頬ずりをする。「こんなに不安になったのは、生まれて初めてだ。だが、きみも子供も何ともなかったんだな」

　そのときジェイクは、腕の中のケイトが体をこわばらせていることに気づいた。彼女の顔を覗《のぞ》き込《こ》む。

「大丈夫だったんだろう？　スチューの話だと――」

「わたしも赤ちゃんも大丈夫よ」ケイトは彼の抱擁を逃れた。「でも、念のために今夜はここに泊まることになったわ」彼女はバスローブの胸もとをしっかりと合わせ、ベッドの端に腰を下ろした。

　ケイトの具合はよさそうだった。しかし、彼女の姿を見るだけでは安心できなかった。彼はケイトに触れたかった。ベッド脇の椅子に座り、彼女の膝に手を置く。「ケイティ、すぐに来られなくてほんとうにすまない。きみのメッセージを聞いたのが、一時間くらい前だったんだ」

「気にしないで」彼女はジェイクの手を振り払い、脚をベッドにのせた。

「ジャレルの近くで火事があったんだが、それが殺人を隠蔽するための放火ではないか、という疑いが出てきたんだ。それで、ぼくたちは一日中向こうで仕事をしていた。あのあたりは圏外だったんだ」

「それなら仕方がないわね」

彼がもう一度手を伸ばそうとすると、ケイトはブランケットの下に体を横たえてしまった。

「ケイティ、知ってさえいれば、ぼくは一時間足らずでここに来ていたはずだ。メッセージが届かなかっただけなんだ」

ようやく彼女はジェイクと目を合わせた。彼女の瞳はいつもの輝きを失っていた。「心配しなくていいのよ。ケヴィンがここまで連れてきてくれたから」

ジェイクは、最初の電話がケヴィンからのものだったことを思い出した。彼には感謝すべきなのだろう。それでも、嫉妬を抑えることはできなかった。

「これからは緊急連絡サービスを使うよ。そうすれば、圏外でも連絡が取れる」

「その必要はないわ。いちいち連絡を取らなくてもいいのよ」

ケイトの冷ややかな声に、彼の不安はさらに高まった。「いや、いつもきみと連絡を取っていたい。結婚するということは、要するにそういうことだろう？　きみに必要とされれば、ぼくはすぐに駆けつける」

「わたしたちが結婚したのは、わたしの仕事を守るためだったはずよ」

自業自得なのかもしれない。赤ん坊のために、愛のために結婚生活を継続してほしい、と彼が懇願したのはつい数日前のことなのだ。

「だが、結婚生活のあり方は変えることになったはずだ」

「でも、もう罷免の危険はなくなったわ」

「どういう意味だ？」

「マケイン裁判には新しい担当者が付くのよ。いくらハッチャー判事でも、病休中の部下を首にしたりしないわ。そんなまねをしようものなら、選挙に悪い影響を与えるはずだから。そして、わたしが職場復帰するころには――」

「待ってくれ。病休というのはどういう意味なんだ？」

「静養したほうがいい、とお医者さんに言われたのよ。二、三週間で充分かもしれないけど、場合によっては出産まで休むことになるかもしれない」

「きみ自身にも子供にも何も問題はない、ときみは言っていたじゃないか」

「ええ、わたしにも赤ちゃんにも何も問題はないわ」

「それなのに、出産まで静養する可能性がある、というのか？」

「そうね、最悪の場合は」

「だが、あと四カ月もあるんだぞ」

「だから、わたしはマケイン裁判の担当を降りたの。わたしの都合で裁判を遅らせるわけにはいかないから」

「仕事はきみの生きがいだったはずだ。ほんとうにそれでいいのか？」

ケイトは悲しげに笑った。顔にはあきらめたような表情が浮かんでいた。

ジェイクは彼女の手を握ろうとした。だが、ケイトはまたしても彼の腕を避けた。「いまはもう、仕事がそれほど大切なものに思えないのよ。おかしな話よね」

　彼女が触れられることを望んでいないのは明らかだった。それでもジェイクは、彼女の髪を撫《な》でたかった。

「力を合わせればこの状況も乗り越えられるはずだ、ケイティ。必要ならぼくが休暇を取る。昼間は看護師を雇って、きみに付き添ってもらうこともできる。そうでなければ――」

「やめて、ジェイク。わたしたち、もうそんな努力をする必要がないのよ」

　ジェイクはぎょっとした。「きみは何を言っているんだ？」

「もう二人で暮らしても意味はないわ」

「ケイティ――」

「わたしたちは、わたしの仕事を守るために結婚した。でも、罷免の危険はもうないわ」

「だが、ぼくたちの関係はどうなるんだ？」

「〝ぼくたちの関係〟なんて最初からなかったのよ」

「違う。そんなはずはない」彼は立ち上がり、ケイトの顔を凝視した。「ぼくたちは家族になるんじゃなかったのか？」

「そうだったわね。ごめんなさい」ケイトは視線を逸《そ》らした。

「やめてくれ」ジェイクは彼女の顎をてのひらで包み、無理やり視線を合わせた。「〝ごめんなさい〟で片付けられてたまるか。しっかり話をしよう。どうしてそんなことを言いだしたんだ？」

「わたしはただ……」

　ケイトは顔をそむけた。言葉を必死で探しているように見えた。やがて、彼女は目を合わさずに言った。

「わたしは、あなたが望んでいるような女じゃないのよ」

「ばかばかしい。ぼくは――」

「ばかばかしくないわ」ケイトの瞳に涙があふれた。

「あなたがわたしと結婚したのは、そうするのが正しいと信じたからでしょう？　あなたが求めているのは、あなたに守られることを望む女性なのよ。ヒーロー気分を味わわせてくれる女性なんだわ。でも、わたしはそういう女じゃない」

　ジェイクは耐えられなかった。強く、勇敢で、自立を重んじるケイトが泣いているのだ。「ケイティ、それは違う。ぼくは女性を守りたいわけじゃない」

「でも、リサが言っていたのは――」

「リサの言ったことなんてどうだっていい。ぼくがどんな妻を望んでいるのか、リサにわかるはずがないんだ」

「あなたはわかっているの？」

「たしかにぼくは、きみと違うタイプの女性とデートしていた。だが、それがいまのぼくと何の関係があるというんだ？　ぼくは〝救われる〟ことを望む女性とは結婚したくない。ぼくの両親がまさにそういう関係だったが、結局は上手《うま》くいかなかった。ぼくが望む唯一の女性はきみなんだ」

　話しつづければ、いつか適切な言葉にめぐり合えるような気がした。適切な言葉さえ口にすれば、彼女を説得できるような気がした。しかし、ケイトは首をゆっくりと左右に振った。

「いいえ、あなたにはわかっていないわ。あなたが望んでいるのは、よき母親になれるような女性よ。つまり――」

「ケイティ、きみはすばらしい母親になれるはずだ。きみが心配しているのはそんなことなのか？　自分がいい母親になれるかどうかが不安なのか？」

「わたしには母性本能が欠けているのよ。きっと遺伝なんだわ」

「いい母親というのは、もっといろいろな要素が――」

「今日、最初に痛みが襲ってきたとき、わたしは病院に行こうと思わなかったわ。法廷に行こうとしたのよ。でも、ちょうどそのときケヴィンが現れて、わたしを病院に連れていってくれた。お医者さんが……」彼女は口ごもったが、何とか動揺を抑えたようだった。「お医者さんが言っていたわ。もう少し遅れていたら危なかった、と。あのときわたしがぐずぐずしていたら、完全に手遅れになるところだったのよ」

彼女のつらそうな声を聞いているうちに、ジェイクの胸は張り裂けそうになった。ケイトがぼくに抱かれたがっていないことはわかっている。だが、そんなことはどうだっていい。ベッドの端に腰を下ろし、彼女を抱き寄せる。意外なことにケイトは逆らわなかった。「だが、きみは結局病院に行った。手遅れにならなかったわけじゃないか」

「それはケヴィンがいてくれたからよ。わたしは怖かったの。間違いを犯したくなかったのよ。もうあんな恐ろしい思いはしたくないわ」

「重要なのは、もう二度と恐ろしい思いをしたくない、ということなのか？」

「以前のわたしは、すべてを自分でコントロールしていた。自分が人生に何を望んでいるのかも理解していた。計画を立て、それを実行に移していた。でも、いまは……」

「でも、いまは？」

「何もわからないのよ。ひとつだけ確かなのは、あんな恐ろしい思いをしたくない、ということだけ」

「ぼくにとってひとつだけ確かなことは、ぼくがきみを愛している、ということだ。未来には恐ろしいことが待ち受けているかもしれない。だが、きみとぼくが力を合わせれば、どんなことも乗り越えられるはずだ。きみがぼくを信じてくれさえすれば」

17

夜明けが近かった。新しい一日を迎えようとする病院の物音が、ドアの向こうから聞こえてくる。ケイトはベッドに横たわったまま、椅子の上で眠るジェイクに目をやった。

昨夜は家に帰るように言ったのだが、彼は聞く耳を持たなかった。間違いなく疲れているはずなのに。

ジェイクは一日の勤務を終えたあと、不安に苛《さいな》まれながら病院まで車を走らせ、取り乱した彼女に対処しなければならなかったのだ。

ケイトは昨日のことを思い出した。いますぐジェイクに来てもらいたい、と願ったこと。彼を必要としていたこと。彼を待ちつづけたこと。すぐに駆けつけてくれるはずだ、と信じたこと。

しかし、いくら待っても彼は現れず、ケイトは落胆に打ちのめされた。彼女がもっとも必要としているときに、ジェイクは来てくれなかったのだ。

いまはもう彼が遅れた理由を理解している。ジェイクは何も悪くない。いくら彼でも、携帯電話の通話エリアをコントロールできるはずがない。

だが、もうあんな思いは味わいたくなかった。愛するひとに会えない苦しみ。その男性がいつか姿を消すのでは、という恐怖。

だとしたら、いますべてを終わらせてしまったほうがいい。

ケイトは暗い気分を振り払い、別のことに注意を向けようとした。ジェイクを起こしたくないので、テレビはだめだ。ベッド脇の読書灯を付けると、静かにベッドを抜け出し、部屋の隅のブリーフケースを手にする。中には何か読むものがあるはずだ。

ブリーフケースに入っていたのは、マケイン裁判のメモくらいだった。いまさらこれを読み返しても意味はない。

それでも、彼女はベッドに戻ってメモのページをめくりはじめた。もうこの裁判と関わりはない。客観性を保ちながら読む必要はないのだ。

この件は、ケイトがこれまで裁判官を務めてきた他の離婚裁判とほとんど変わるところがなかった。マケイン夫妻は若くして結婚し、子宝にも恵まれた。二人は社会的な成功を収め、莫大《ばくだい》な財産を築き上げたが、それと引き替えに夫婦としての関係を破綻させてしまった。

もはや二人は愛し合っていないのだ。

裁判官としてのケイトは、どちらに離婚の責任があるのかという視点からすべてを考えていた。しかし、いま彼女はこの仕事に就いて以来初めて、離婚裁判を一個人の視点から見ていた。さまざまな思いが頭をよぎる。マケイン夫妻は、もう二度とやり直せないのだろうか？　かつて味わった夫婦としての喜びだけでは、現在の苦しみを癒やすことはできないのか？

いくら考えたところでわかることではなかった。けれど……。ケイトは統計を思い出した。アメリカでは夫婦の五十パーセント近くが離婚する。しかも離婚経験者の多くが二度目、三度目の結婚に踏み切る。愛によって深く傷ついたはずのひとびとが、新しいチャンスに賭けようとするのだ。

わたしにそれができないのはなぜ？

ケイトは椅子で眠るジェイクに視線を転じた。

傷つくことを避けるのは賢明な生き方だ、とわたしは信じてきた。でも、いまは疑わざるを得ない。わたしはほんとうに賢明だったの？　それとも、ただ単に臆病だったの？

わたしはジェイクに言ったはずだ。あなたを信頼してみる、と。けれど、わたしは最初のハードルでつまずいた。彼を疑い、突き放してしまったのだ。自分はフェアな人間だと信じていた。でも、彼に対してはフェアではなかった。誠実でもなかった。わたしは一度たりとも彼に言わなかったのだ。あなたを愛している、と。

彼女のまなざしを感じ取ったのか、ジェイクがゆっくりとまぶたを開ける。ケイトは急いで目を逸《そ》らした。ジェイクはベッドに近づいた。「具合はどうだ？」

不安だった。頭が混乱していた。「具合はいいわ」口ではそう言った。「とても気分がいいの」

「よく眠れたかい？」

作り笑いを浮かべる。「ぐっすり眠ったわ」

「だが、きみは六時前なのに仕事をしている」

ケイトはメモをブリーフケースに戻した。「そうね、実はあまりよく眠れなかったの。でも、体を休めることはできたわ」

認めたくはなかった。ジェイクのいないベッドが寂しかったことを。夜中に彼を起こし、かたわらに呼び寄せたかったことを。

ジェイクは彼女が自分から話すことを待っているようだった。ケイトは言った。「ここはいつもの部屋とは違うし、それに……」

「それに、不安だった」ジェイクは彼女の言葉を引き取った。

「そうね」

彼女はそれ以上何も言えなかった。そのとき、ドアにノックの音がした。看護師は返事も待たずにドアを開けると、カートにのせた超音波検査機を病室に運び入れた。

「よかった。もう起きていたんですね」看護師は言った。「そのほうが検査も早く終わりますから」

ジェイクは看護師に言った。「こんな時間に検査が必要なのか？」

「もちろんです。超音波検査でも、このあとのドクターの検診でも異状が見つからなければ、退院の手続きを始めますから」

「しかし――」

ケイトは彼の腕に手を置いた。「いいのよ。もともと、一晩だけようすを見るという話だったんだから」

看護師はケイトのガウンの前を開き、青いジェルを腹部に塗りはじめた。

四度目の超音波検査だったため、手順はわかっていた。青いジェル、プラスチックの棒、そして赤ん坊の白黒の画像。

平静を装おうとしたが、無理だった。赤ん坊の顔や手の輪郭が目に入るたびに胸が躍る。今日もそうだった。しかも、かたわらにはジェイクがいるのだ。

看護師はプラスチックの棒――超音波プローブを彼女の腹部に接触させた。看護師は検査を進めながら、何度も質問をした。赤ちゃんは今日も動いていますか？　お腹《なか》に張りを感じましたか？

ケイトは質問に答えながら、モニターとジェイクのあいだで視線を往復させた。喜びの源はどちらだろう？　赤ん坊の画像？　それとも、ジェイクの顔に浮かぶ賛嘆の表情？

彼は口をあんぐりと開けてモニターに見入っていたが、やがてつぶやいた。「すごい」

ジェイクの驚愕《きょうがく》ぶりにケイトは思わず微笑《ほほえ》んだ。彼女も同じ気持ちだったからだ。衝動的に腕を伸ばし、彼の手を握りしめる。

ジェイクはモニターから彼女にまなざしを向けた。だが、モニター内の動きが彼の注意を引き戻した。

「いまのは手なのか？」

看護師は小さな手が映り込むようにプローブを移動させた。「そうです。指を動かしていますね。これは元気な証拠です」さらにプローブを動かすと、今度は脈動する黒い影が映し出された。「鼓動も強く安定しています。いまから赤ちゃんの心拍数を確認しますね」

「心拍数」ジェイクはケイトの手を握り返した。「この子の心拍数なんだな」

ケイトもモニターに目をやった。鮮明な画像とは言えなかったが、彼女がこれまで見たなかでもっとも美しい画像だった。あれだけの危険にさらされたというのに、彼女とジェイクの子供が元気に成長を続けているのだ。

「心拍数は百四十二。いい数値ですね。昨日あんなことがあったのにこんなに順調だなんて、とってもタフな子だわ。お子さんには何も問題はないようです。ドクターが来たら、すぐに診察してもらいましょう。では、検査はこれでおしまいです」

しかし、看護師が立ち去る前にジェイクは言った。

「子供の顔を見せてもらえないか？」

看護師が怪訝《けげん》な顔で彼を見返す。

「これはぼくにとって初めての超音波検査なんだ」

看護師は納得したらしく、赤ん坊の顔がよく見えるようにプローブの位置を変えた。

ケイトは胸の中で罪悪感がふくれ上がるのを感じた。彼女が最初の超音波検査を受けたのは、二カ月近く前――ベスの妊娠という驚愕のニュースを知らされる以前のことだった。最初の検査にはベスとスチューも立ち会った。だが、誰もジェイクを呼ぼうとしなかった。興味を持つはずがない、と全員が思っていたからだった。

妊娠四カ月の検査を受けるときは、あえてジェイクには教えなかった。二人で病院を訪ねるのは、親密すぎるような気がしたからだ。

そしていまケイトは、そんな自分の臆病さが、彼から何を奪ったのかを思い知らされていた。自分の子供をまのあたりにする、という掛け替えのない機会を奪ったのだ。

　彼女の手を握るジェイクの手は力強く、温かかった。彼の指に力がこもるたびに、ケイトの胸は高鳴った。

　ジェイクの顔からモニターに映るもうひとつの顔へと、彼女は視線を転じた。赤ん坊は口を開け、小さな拳を近づけ、親指を口の中に入れた。

　ケイトは娘を見つめるジェイクの顔を凝視した。その瞬間、彼女は気づいた。自分が臆病者だったことに。

　しかし、臆病者のまま生きるつもりはなかった。

18

ジェイクは興奮と恐怖を同時に感じながら、超音波検査機のカートを押して病室を去る看護師を見送った。

　ケイトと二人きりになりたかった。彼女を抱きしめ、娘の顔を見ることができた喜びを告げたかった。

　とはいえ、これ以上彼と関わりを持ちたくない、と言い張るケイトを責める気にもなれなかった。彼女を守る、とジェイクは約束した。信じてほしい、と彼女に要求したのだ。ところが、彼はケイトの期待を裏切った。絶対に許さないと非難されても文句は言えなかった。

　彼女が離婚を求めてきたら、それに応じるしかない。ケイトが頑固だということは知っていた。現実に向き合うしかないのだ。

「ケイト、ぼくは――」

「ジェイク――」

二人は同時に声をあげた。ケイトはぎこちない声で笑ったが、ジェイクはとても笑う気になれなかった。

「あなたが先に話して」彼女は毛布の上で両手を握り合わせた。だが、彼と目を合わせようとはしなかった。

いい兆候ではない。どう考えてもまずい。

ここは礼儀正しく、彼女に先に話す機会を与えるべきなのかもしれない。しかし、いまは礼儀作法にこだわっている場合ではない。彼女の話など聞きたくなかった。ケイトに別れを告げられる前に、言いたいことを言うべきなのだ。

「きみの目から見れば、ぼくたちが離婚すべき理由はいくらでもあるだろう。それはわかっているつもりだ。だが、それでもきみは間違っている」

「ジェイク、わたしは――」

「最後まで聞いてくれ。いまからぼくは結婚を続けるべき理由を話す」

「でも――」

「頼む、ケイティ」

ケイトは何か言おうとしたが、やがて肩をすくめた。「わかったわ」

「状況は以前より悪くなっている。日中にきみの面倒を見てくれる人間は雇えるかもしれないが、一日二十四時間付き添ってくれる人間はいないだろう。ぼくも夜と週末しかきみのそばにいられない」

彼はケイトを見たが、表情から考えを読み取ることはできなかった。額にしわを刻んでいるだけだった。

こんな台詞《せりふ》で彼女が説得できるはずがない。もっと話を先に進めなくては。

「それから、きみの仕事の問題もある。ぼくたちが離婚すれば、ハッチャーにそれを利用されるかもしれない。病休を取ったせいで、きみは不利な立場に追い込まれるかもしれない。あの男ならそれくらいやりかねない」

ケイトの額のしわはさらに深くなった。「それが結婚を続けるべき理由なの？」

くそっ、これは効果がなかったか。

「いや……もちろんそれだけじゃない」考えろ、ジェイク・モーガン。どうすれば彼女を説得できる？彼女にとって大切なことは何だ？「それから、子供のことも考えなくちゃならない」

「というと？」

「きみの面倒を見るということは、子供の面倒を見ることでもあるんだ。子供を育てるうえでもっとも重要なのは、ぼくたち二人が別れずにいることだ。そうだろう？」

「ええ、もちろんよ。あなたの言うとおりだわ」ケイトは不意にブランケットを跳《は》ね除《の》け、ベッドを出た。「着替えてくるわね。お医者さんが来るから、それまでに準備しておかないと」

ジェイクはバスルームに入ろうとするケイトに当惑のまなざしを向けた。そして、彼女を制止した。

「待ってくれ。いったいどうしたんだ？」

「どうもしないわ」

「つまり、離婚をあきらめてくれるのか？」

「とても説得力のある話だったわよ」

「だが、きみは納得していないんだろう？」

ジェイクは息を殺し、返答を待った。問題は彼女の仕事だけではない。子供の健康だけでもない。未来のすべてがこれに懸かっているのだ。

何とも皮肉な話だ。彼女がぼくを説得して結婚に漕《こ》ぎつけようとしたのは、数週間前のことだ。そしていま、ぼくは結婚を続けるよう彼女を説得している。もうぼくには彼女の答えを待つことしかできない。そして、もしノーと言われたら、また最初から説得を繰り返すだけのことだ。

ケイトは長いあいだ目を伏せていた。何も言おうとしなかった。やがて、彼女はジェイクに顔を向けた。瞳は涙に濡《ぬ》れていた。

「何もかもあなたの言うとおりね。わたしもあなたもお腹《なか》の子供を愛している。でも、それだけではほんとうの結婚は――わたしが望んでいるような結婚は成立しないのよ」

「きみが望んでいる結婚？」

「愛にもとづいた結婚」

心臓が止まりかけ、ジェイクは大きく息を吸った。

「ぼくたちの結婚には愛が必要だ、と？」

彼はケイトの目を見つめたまま返答を待った。ただその場に立ち尽くし、待ちつづけた。説得の時間はすでに終わっていた。いまは真実が知りたかった。

「とても嬉《うれ》しいわ、あなたがこの子を愛してくれて」彼女は沈黙を破ると、自分の腹部に手を置いた。「でも、それだけでは充分とは言えないわ。わたしはあなたの愛が欲しいの。言葉だけではなく、ほんとうの愛が。だって、わたしはあなたを愛しているんだもの。あなたを愛さないように努力してきたわ。でも、結局は――」

つぎの言葉が放たれる前に、ケイトは彼の腕の中にいた。二人の唇は重ね合わされていた。キスを繰り返すうちに、ジェイクは彼女の体調を思い出した。ありったけの優しさを込めて――そして愛を込めて、彼女にくちづけをした。ケイトに知ってもらいたかった。心から彼女を愛していることを。

最後にもう一度だけキスをすると、ジェイクは左右の手で彼女の頬を包み、瞳を覗《のぞ》き込《こ》んだ。疑ってほしくなかった。信じてもらいたかった。

「そうさ、ぼくはきみのお腹の子を愛している。この子はきみとぼくの一部なんだ」

ケイトは目を喜びに輝かせ、口もとに笑みを浮かべた。

「この子がいなかったら、ぼくはきみと恋に落ちるチャンスを逃していたかもしれない。ぼくはきみを愛している。これからもずっと愛しつづける。それはきみがきみだからだ」

そこでジェイクの言葉は中断された。ケイトが爪先立ちをし、彼にキスしたからだった。そのくちづけに優しさはなく、彼女は自分から体を密着させてきた。妊娠で無理の利かない状態だったが、キスだけは激しかった。

彼女の唇からは純粋な愛が感じられた。疑いの余地はまったくなかった。

しばらくしてケイトはキスを中断し、ささやいた。

「わたし、あなたに説得されたみたいね」

「簡単に信頼してもらえるとは思っていなかったよ。だが、昨日のようなことは二度と起こらない。約束する。ぼくは――」

「ジェイク、いいのよ。あらゆることからわたしを守るだなんて、どう考えても不可能だわ」

「ケイト――」

「あなたはわたしを守ってくれる。でも、あなたにもわたしを守れない場合がある。わたしがあなたを守れないことだってあるはずよ。重要なのは、そんなことが起きても、心がひとつでありつづけること。この子を引き取り、結婚生活を続ければ、さまざまなトラブルに見舞われるでしょう。でも、すばらしい経験もたくさんできるはずよ。わたしはその両方を受け入れるつもりでいるわ」

「つまり、結婚は続けるんだな？　そして子供も引き取る、と？」

彼女はうなずいた。「そのつもりよ。もちろん、ベスやスチューと話し合わなければならないけど、わたしは引き取るつもりでいるの。ジェイク、わたしはずっと思っていたわ。〝救われたい〟と願う女性こそがあなたの理想の女性だ、と」

「いや、それは——」

ケイトは立てた指で彼の唇をふさいだ。「でも、いまになってわかった。わたしが〝救われたい〟女だったのよ。そしてあなたは、わたし自身からわたしを救ってくれた。あなたがいなければ、わたしは自分を否定して生きつづけたと思うの。でも、いまはもう大丈夫。あなたがいるから」

ドアにノックの音がし、医師が病室に現れた。

「何も問題はないようですね、ミズ・ベネット」

ケイトは言った。「ミセス・モーガンです」

医師は困惑の表情で手もとの書類を見た。「いや、しかし……ええと、父親の名前はジェイク・モーガンとなっていますが」医師はジェイクに視線を向けた。「あなたですか？」

答えたのはケイトだった。「そうです。わたしたちが父親と母親です」

そして彼女は愛情に満ちた視線をジェイクに投げかけた。

ハーレクイン®

代理母が授かった小さな命

2025年4月20日発行

著　　者　エミリー・マッケイ

訳　　者　中野　恵（なかの　けい）

発 行 人　鈴木幸辰

発 行 所　株式会社ハーパーコリンズ・ジャパン

東京都千代田区大手町 1-5-1

電話 04-2951-2000（注文）

0570-008091（読者ｻｰﾋﾞｽ係）

印刷・製本　大日本印刷株式会社

東京都新宿区市谷加賀町 1-1-1

表紙写真　© Vannamoro | Dreamstime.com

ISBN978-4-596-72692-6 C0297

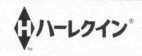

4月25日発売

ハーレクイン・シリーズ 5月5日刊

ハーレクイン・ロマンス

愛の激しさを知る

大富豪の完璧な花嫁選び	アビー・グリーン／加納亜依 訳	R-3965
富豪と別れるまでの九カ月 **《純潔のシンデレラ》**	ジュリア・ジェイムズ／久保奈緒実 訳	R-3966
愛という名の足枷 **《伝説の名作選》**	アン・メイザー／深山　咲 訳	R-3967
秘書の報われぬ夢 **《伝説の名作選》**	キム・ローレンス／茅野久枝 訳	R-3968

ハーレクイン・イマージュ

ピュアな思いに満たされる

愛を宿したよるべなき聖母	エイミー・ラッタン／松島なお子 訳	I-2849
結婚代理人 **《至福の名作選》**	イザベル・ディックス／三好陽子 訳	I-2850

ハーレクイン・マスターピース

世界に愛された作家たち
〜永久不滅の銘作コレクション〜

伯爵家の呪い **《キャロル・モーティマー・コレクション》**	キャロル・モーティマー／水月　遙 訳	MP-117

ハーレクイン・ヒストリカル・スペシャル

華やかなりし時代へ誘う

小さな尼僧とバイキングの恋	ルーシー・モリス／高山　恵 訳	PHS-350
仮面舞踏会は公爵と	ジョアンナ・メイトランド／江田さだえ 訳	PHS-351

ハーレクイン・プレゼンツ作家シリーズ別冊

魅惑のテーマが光る
極上セレクション

捨てられた令嬢 **《ハーレクイン・ロマンス・タイムマシン》**	エッシー・サマーズ／堺谷ますみ 訳	PB-408

※予告なく発売日・刊行タイトルが変更になる場合がございます。ご了承ください。

今月のハーレクイン文庫

4月1日刊

珠玉の名作本棚

「情熱のシーク」
シャロン・ケンドリック

異国の老シークと、その子息と判明した放蕩富豪グザヴィエを会わせるのがローラの仕事。彼ははじめは反発するが、なぜか彼女と一緒なら異国へ行くと情熱的な瞳で言う。

（初版：R-2259）

「一夜のあやまち」
ケイ・ソープ

貧しさにめげず、4歳の息子を独りで育てるリアーン。だが経済的限界を感じ、意を決して息子の父親の大富豪ブリンを訪ねるが、彼はリアーンの顔さえ覚えておらず…。

（初版：R-896）

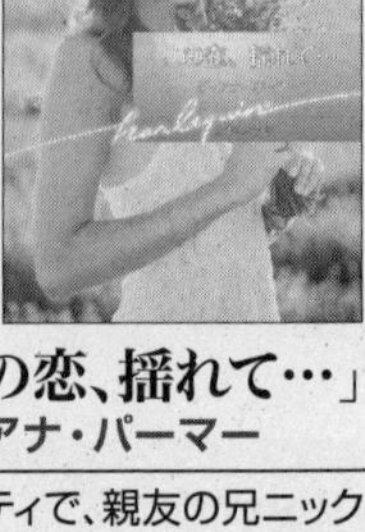

「この恋、揺れて…」
ダイアナ・パーマー

パーティで、親友の兄ニックに侮辱されたタビー。プレイボーイの彼は、わたしなんか気にもかけていない。ある日、探偵である彼に調査を依頼することになって…？

（初版：D-518）

「魅せられた伯爵」
ペニー・ジョーダン

目も眩むほどハンサムな男性アレクサンダーの高級車と衝突しそうになったモリー。彼は有名な伯爵だったが、その横柄さに反感を抱いたモリーは突然キスをされて——？

（初版：R-1492）